U0001016

白色說書人與微塵望鄉

White Storyteller & Homecoming

詹傑 著

獻給住在這片土地上，
過去和現在的人們。

白色說書人

入圍第16屆台新藝術獎年度「表演藝術獎」

　　布袋戲，不再是老套的、國族意識形態的劇本與掌法，而是像自由基的角色元素。不再僅限於掌中戲，而是人與偶的變換。——陳泰松（台新藝術基金會藝術總監）劇場演員與傳統布袋戲操偶師的對演，充滿張力，用力於意，用意於力，紮實的功力，這是劇場漸失的美，讓觀眾有觀戲上的感動和滿足。

　　　　　　　　——孫春美（台南藝術節駐節評論人）

　　全劇敘說一位底層勞動者，在為父親守靈時，回溯兩代白色恐怖經驗的生命故事。舞台裝置成靈堂，陳設大部分以紙紮為主，營造出既生活又前衛的特殊質感。演員邱安忱與操偶師吳榮昌、黃武山搬演的兩尊布袋戲偶同台。戲中，邱安忱在操偶當中進入記憶世界，過去的白色恐怖歷史與現實交錯在演員與布袋戲偶之間，布袋戲偶時而與主角互動，時而穿越時空

扮演穿針引線的靈魂角色，作品層次豐富而深刻地演出一個台灣小人物被政治壓迫的生命史。

——林采韻（台新藝術獎評審）

二〇一七年國家表演藝術中心兩廳院實驗劇場首演好評推薦

好看又誠意十足的戲，最具在地感的魔幻寫實劇！

——顧玉玲（作家）

一部認真努力下功夫的誠懇作品，飽含創作群體的生命能量。　　　　——林瓊華（北藝大助理教授）

透過布袋戲跟獨腳戲演出，串起整個時代的悲劇，透過戲劇的手法，在進行轉型正義的工程。

——葉菊蘭（前行政院副院長）

A creative stage show fertilized with various Taiwan elements, wish someday will share this great art work with people outside of Taiwan.

——鄭清華（鄭南榕基金會執行董事）

微塵望鄉

入圍第16屆台新藝術獎年度「表演藝術獎」

這是一個直視台灣移工看護家庭的作品。編劇以內省的視點，反應台灣人對於東南亞的歧視與偏見。導演以物件劇場擅長的超現實手法，用「衣櫃」隱喻主角內心的世界，藉由「走出衣櫃」的人偶說出心中的祕密，對於自己母親是越南人的情結，逐漸在與越南看護之間的相處當中溶解。但是這種「溶解」並非政治正確的和解，而是自我的回歸。「既是越南人也是台灣人」，「既是壓迫者也是被壓迫者」，這個作品藉由人物的「可交換性」，避免劇場將「移工」當作「他者」來描寫，也迴避在戲劇的客體化描述當中，再度讓劇場成為壓迫者的共感政治美學。

——林于竝（台新藝術獎評審）

這事好看的戲，也是誠意十足的戲，認真回應台灣社會的新移民、移工、新二代及本地人的重要課題。

——顧玉玲（作家）

這齣戲在深刻的劇本、加上該團特有的偶劇美學的聯手之下，甚至還超越了許多類似題材的全真人演出。

——郭強生（國立東華大學英美語文學系教授）

透過即時攝影、回憶、夢境、說故事、內在分身等多元表現手法及多層次的敘事結構，和富有詩意感與幽默感的操偶術。然而那份彷若微塵的生命、想望家鄉的情愫，卻像漣漪般一波波盪到觀眾心坎裡……

——于善祿（台灣資深劇場生態觀察及戲劇評論家）

以極為細膩的手法、詩意地呈現的社會的殘酷，與無形中衍生出的階級對立。將如此沉重的題材以從容、緩慢的方式說出……

——郝妮爾（表演藝術評論台）

目次

《白色說書人》

《微塵望鄉》

白色說書人

White Storyteller

詹傑 著

為布袋戲而生的《白色說書人》

文／邱安忱（同黨劇團團長）

我熟識的詹傑，總是樂於接受挑戰。

二〇一六年左右我開始學習傳統布袋戲後，常常不斷思考如何把這門精緻藝術帶入現代劇場。認識詹傑後，我向他提出想法，做一個身穿古典服飾的布袋戲版馬克白，由我充當說書人，並幫所有角色配音，但他只是邊吃飯，邊微笑的看著我，然後優雅而從容的把這個概念推翻。幸而，我們沒有放棄，經過幾番來回討論，他把台灣著名廣播人吳樂天的生

平，以及《無法送達的遺書》中白色恐怖受難者郭慶的遺書，二者合而為一，變成《白色說書人》的骨架來源。吳樂天口中無敵的廖添丁，也變成劇中出神入化的父親形象。雖然我私自認為莎士比亞的《哈姆雷特》也提供了骨與肉。

《白色說書人》是個獨腳戲混合布袋戲的作品，這在當時是個大膽嘗試：一來，台灣從未出現成功範例，二來，形式上，為什麼要使用布袋戲，為什麼要人偶共演？編導必須提出一套創作邏輯；最後，詹傑對傳統布袋戲並不熟悉，更何況，因製作經費限制，我很殘忍的限制他劇本只能使用十尊布袋戲偶。

詹傑總算完成劇本。雖然他寫出了十一個布袋戲角色，包含一隻老虎。

一直記得，拿到詹傑劇本初稿時，導演戴君芳、弘宛然古典布袋戲團團長吳榮昌、山宛然客家布袋戲團團長黃武山以及我，坐在當時位於新生南路的弘宛然辦公室，沒人知道怎麼做這齣

戲。我冷汗直流，腦中不斷想著，會不會虧了大錢又做了爛戲。在經過兩、三個月的讀劇與討論後，君芳腦裡慢慢發展出關於這齣戲的視覺形象，而吳榮昌逗趣而生動的台語，也如虎添翼的幫布袋戲文本大大加分，我才大抵看到一絲光。

但創作這碼事，總是沒那麼容易，雖然身為編劇的詹傑已經可以坐在旁邊搧風喝茶，但之於其他創作者，山才開始爬。對擅長演活戲的傳統布袋戲演師來說，最大挑戰是背台詞跟記走位，我從來搞不清楚他們如何即興演出一個多小時的古典劇目，還可以欲罷不能；對身為演員的我來說，是找回丟掉的母語；對舞台設計仕倫而言，是如何在真人尺寸的舞台上，融入有機的布袋戲舞台；而對導演君芳，除考驗場面調度能力，更需使布袋戲符碼產生多重意義，並創造虛實相應的魔幻寫實風格。

而身兼製作人的我，也從未想過將傳統布袋戲帶進現代劇場如此困難，跳入泥沼，才發現脫

不了身。為了讓布袋戲偶造型跟整齣戲的美學風格一致，我們拋棄傳統戲班購買現成偶頭、頭戴及服飾再自行組裝的操作模式，而決定量身定做戲中所有戲偶，並希望藝術家提出設計圖稿，與其他部門相互參照，但這並非傳統戲偶設計師的工作方法。而當初我也很天真的認為，既然把布袋戲帶進現代劇場，是否就使用現代音樂配合布袋戲演出？但所謂「三分前場，七分後場」，真的排練下來，才發現少了震天鑼鼓響的北管音樂，戲偶一舉手一投足的氣勢折損不少，武打場面更是無形無神，最後只得折衷請傳統樂手錄音。

《白色說書人》是個有趣嘗試，在內容上，詹傑以布袋戲連結兩代父子之間的愛恨情仇，透過故事層層揭露，家庭祕密逐漸被攤開的過程，為白色恐怖提供另一種書寫角度，也幸而由於詹傑體貼個性，才為在荒謬歷史受難的角色帶來和煦而溫暖的關照；在形式上，《白色說書人》的

演出，也為傳統布袋戲提供全新的展演模式，原來，布袋戲也可以這樣玩！

謝謝詹傑一起跳下來洗頭的勇氣！

無法送達的思念

文／詹傑（編劇）

關於說書人如何養成

　　一個很魯的父親，鎮日守一家小雜貨店，一個瘋了的妻子，還有一個其實不是自己親生的兒子，他的小日子會是怎樣光景？

　　劇作《白色說書人》的故事，走了很久，才終於找到屬於它自己的聲音。一開始團長兼演員的邱安忱的邀約，只是想用布袋戲製作一齣馬克白，可能是等我開始大規模做功課和田野，兼而採訪數個布袋戲藝師，才發現那真是一個武林盛

世！從北到南，從文戲到武戲，各有勝場、豐盛如斯，不亞於電影《一代宗師》所描摹那逝去的風華絕代。

為此，我推翻了原有故事，重新回到了起點。慌亂中，回過頭去，第一個突破是紀錄片《就是這個聲音》（Once Upon A Time When Robin Hood Grew Old，二〇一六）。導演盧彥中拍攝台語活靈活現的主持人吳樂天身影，聚焦這個曾經號稱賣壯陽藥身家數億的地下廣播電台之王，還有，他那最為人熟知的廖添丁講古。信手拈來，一則則鄉野義賊的傳說故事，在他嘴裡翻出了橫跨一整個世代的史詩格局。飛簷走壁、變裝易容的廖添丁，槍法奇準，永遠能從日本警察的追捕當中脫逃，映射出那個年代不能言說的時代壓抑，猶如英國作家喬治·歐威爾（George Orwell）的小說《一九八四》，永遠虎視眈眈的老大哥，而說故事與聽故事，成了人們能夠短暫自由翱翔的時刻。

我想像也許如電影《大智若魚》（ Big Fish，二〇〇三）般，父親給兒子講的膨風人生故事，有天會成為兒子了解爸爸生命過往的鑰匙。故而，午睡時刻，不識什麼字的雜貨店老闆王添財，要給兒子說故事，他想起廣播裡熱愛的吳樂天講古，天花亂墜閒扯淡，一下子八七水災英勇救人如潛水蛟龍，一下子紅葉少棒隊他身在觀眾席奮力大喊加油扭轉頹勢，小兒子眼睛亮了亮，覺得爸爸，啊，真是個英雄。

　　《白色說書人》的劇本書寫，幾乎就是在這樣床畔守護的美麗時光裡開展。

　　王添財給小兒子講的床邊傳奇，一尊路邊買來的廖添丁布袋戲偶成了主角，綠野仙蹤般，去了龍宮取定海神針、上了景陽崗打起老虎、入了火焰山要借芭蕉扇，行走在林冲夜奔的路上，一轉身，廖添丁最愛的女人潘金蓮，正靜靜地，坐在鏡前梳妝畫眉，可望而不可得，英雄無限寂寞。

小兒子要到很大以後，才能真正明白這些故事背後的真正故事。當他的父親開始失智，那些被禁錮的祕密再也關不住，跑了出來，小兒子赫然發現虛實交雜的床邊故事，隱含了父親的寂寥一生，還有，他面對巨大惡意襲來時，內心動搖的私心與懊悔。

　　劇本故事最後一塊拼圖，是我閱讀《無法送達的遺書：記那些在恐怖年代失落的人》記下的筆記。臨死前的白色恐怖政治犯郭慶，寫給妻子的遺書說道，「一個人總是有一天要死的，請您們不要過分傷心吧！」整本書裡好幾封留給家人的最後訣別書，沒有一個人寫著復仇，而是最後對於家人的隻字片語叮嚀，然而這遺書卻在漫長的時光裡湮沒，直到二〇〇八年才陸續送抵家人手上，或者，收件者已查無此人。

　　《白色說書人》的故事底層，我試著觸及白色恐怖年代的人們，不僅僅是受害者與壓迫者，還有更深一層的，關於忌妒、關於背叛，關於我

這一生平凡如蟻，我卻希望你能回頭看見並好好愛我的心聲。

作為編劇，我最鍾愛的角色，是小人物王添財。他的猥瑣、善良、市儈、溫柔、軟弱，都如同真實的人一般，棲身在你我之間，對生命有小小的渴望，期許自己是個英雄，卻終究掉在如爛泥般的生活裡，徹頭徹尾的失敗。可能小兒子文彬要在父親死後許久，恍惚才能參透，那個兒時床邊，當父親帥氣甩弄戲偶廖添丁的時候，也有一雙惘惘然不可見，巨大的手，也在操弄著他的命運，讓他如戲偶般，就這樣走完了一生。

當布袋戲走進小劇場

劇作《白色說書人》的完成，另有一部分是在劇場裡發生。兩位布袋戲大師陳錫煌嫡傳弟子吳榮昌、黃武山老師，提供我大量布袋戲唱詞，我一一上網翻找演出片段，透過剪裁、錯置西遊記、林沖夜奔、武松打虎、潘金蓮、包公審案故

事，重新拼貼出廖添丁的胡撇仔文本，然後進入排練場，由導演戴君芳和演員邱安忱一同試驗。來來回回的修改，我們逐漸找到某種跨越布袋戲和小劇場的語彙，讓場上許多紙紮道具和家具，成為布袋戲登場的趣味舞台。諸如一場孫悟空潛入海底找「定海神槍」的戲碼，就發生在一個乾涸的水族箱內，如此虛實交錯，加上全然開放的兩位偶戲老師，拿出畢生絕學，讓廖添丁在戲耍與敘事間，找到了跟現代觀眾接軌的可能。好多觀眾紛紛回饋，原來布袋戲還可以這麼熱鬧有趣。

在黑盒子劇場空間裡，舞台設計林仕倫提供了非常多的想像可能，加上英國藝術家 Tim Budden 剪紙作品，最終造就非典型的獨腳戲《白色說書人》，可以在小小方寸間，翻出多樣化的敘事空間，卻始終保持著張力。

《白色說書人》自二〇一七年在台北國家實驗劇場首演後，陸續走南闖北，去了好幾個不同

空間跟觀眾見面。特別感動的是，演員和偶師的互動，每一場次都還保有一些靈活變化空間，依據現場觀眾反饋，激盪出更加靈光乍現的火花。身為編劇，我也一一收錄在劇本文字中。

　　《白色說書人》從一度劇本卡關、走投無路，到最終順利搬上舞台，許多時候我都會想起劇本裡的台詞，那是添財最後送給兒子的禮物和叮嚀，要陪著他繼續走自己的路：「你說一九七一年，中華民國退出聯合國，全台灣攏緊張到皮皮挫、驚到嘛嘛耗ㄟ時陣，我出世了！眼睛張開一看到你，我就嘴笑目笑，咯咯咯！你說，阿彬，你註定就是要出世來乎大家振作！所以查脯仔不行哭，被欺負、被罵、被幹譙都袂行哭，要笑！不管別人怎麼說！只要笑，咱就贏了！」

白色說書人

White Storyteller

詹傑——編劇作品

場景

一處窄仄家宅，角落家中有壞掉的電鍋、電視、收音機，等雜物堆積。屋內正在舉辦著簡單的喪禮，中央有一個香案，牌位寫著顯考王公添財，上頭有供品、香燭，以及紙紮物品，然一切簡陋，處處可以看到手工裁製的悽愴感。空中懸吊有數尊傳統布袋戲偶，都是陳年老舊、被重新找出來的模樣，獨獨有一尊廖添丁戲偶被放置在香案上，一切顯得古怪又帶有一股魔幻怪異氛圍。地上，散落著些許冥紙摺成的紙蓮花。另有一座紙紮彩樓，一串風鈴，有一把椅子。

每處舞台陳設，都可為布袋戲展演的不同平台，燭火香案，壞掉的電視機、蒸籠水族箱，搖身一變後都可變作布袋戲裡的戲碼空間想像。

角色

王文彬，四十五歲，語言為國台語交雜。

王添財，七十多歲，語言為台語、台灣國語。

陳國樑，三十多歲，語言為標準國語。

以上皆由同一演員扮演，透過表演和簡單衣物轉換，即變換身分。

【布袋戲戲偶列表】

▲廖添丁變裝系列──廖添丁、武松、濟公、林沖、孫悟空

▲紅龜、包公、潘金蓮、王媽、老虎、牛頭、馬面

註記

*戲偶的台詞都是台語，夾雜少數國語。

*關於劇本書寫文字。在劇本的語言書寫上，因為台詞多是國台語混雜並用，留有相當空間給演員於舞台上詮釋，故台語書寫非用拼音，更多時候採用相近音之中文字，或是慣常使用的台語表示方法來寫下，如有不易明瞭處則加註括號說明。

第一場
召魂，我的父親王添財

（戲開場時，文彬躺在地上，累得睡著了，身旁有散落紙蓮花。）

（一個風鈴清脆聲傳來，然而場上的風鈴並未搖動。）

（緊接在風鈴聲後，是幽微如絮的布袋戲後場音樂。）

（香案上的戲偶廖添丁動了起來，彷彿是回應這音樂的召喚。）

（戲偶廖添丁在案上，伸展筋骨、亮相、翻筋斗，做出各種活靈活現樣態。）

（文彬睡夢中翻身，戲偶彷彿在玩一二三木頭人，讓文彬無法察覺。）

（戲偶廖添丁走在香案上，靠近地上仍兀自沉睡的文彬，伸出手，想觸碰。）

（後場音樂漸收。收盡時，文彬張開眼睛，起身，四顧，想尋覓剛剛的音樂。）

（文彬回頭，香案上的戲偶廖添丁已回到原位，似乎從未移動過。）

（文彬起身，拍拍身上塵土，拾起紙蓮花，他是個有點神經質的男子，開始緩緩道來一個關於自己的故事。）

文彬：（朝虛空中小聲喊，怕驚動什麼）敢是你返來？阿爸！阿爸，你有返來嘸？

（四周毫無動靜，文彬有些失望。）

文彬：住後尾巷ㄟ阿龍講。頭七的時候，過身ㄟ人會返來，行入厝內ㄟ時陣，有風，風鈴就會響，這樣就知道。

我問阿龍，那回來以後，看得到嗎？
阿龍笑笑，檳榔吃到嘴摳紅吱吱，他說有一種眼藥水，神明加持，點了就可以看

到。兄弟啊價，算你萬二就好。

幹。算卡俗一點啦，三八兄弟，改天你返來，你北同款看你ㄟ到！

（文彬走到香案前，又走到堆放紙紮物的地方。）

文彬： 阿龍那邊的房子、車子、傭人、金山銀山，整組買起來要十幾萬。太貴了啦！
我去路邊舉看板，也要好幾個月才賺得到。

我自己做也一樣啦，你住起來雨來沒漏，風颱嘸崩就ㄟ檔呀。
要不然我再多做幾個外籍看護，菲律賓的，比較有氣質的，去那裡陪你，安內你住陰間作阿舍卡有派頭，走路嘛卡有風。

阿爸，你有返來嘸？
你以前就常常走丟，我實在擔心你找不到

路回來！

阿龍說如果不是親生的，頭七就不一定會回來，要看緣份。我塞五百塊給他。阿龍說厝邊頭尾好朋友兼換帖special撒畢斯，教我秘訣，要我擺一些你喜歡的東西。

（文彬輕輕擺弄了場上懸吊的布袋戲偶，看著偶。）

文彬：他說，只要我一直想你，一直想你，跟你說話。你就可以找到路回來。保障袂嘸去啦！

（文彬對著布袋戲偶說話，整理布袋戲偶。）

文彬：爸，你ㄟ記嘸？
　　　我上小學的第一天，老師要大家寫自己的名字。我一筆一畫慢慢的寫「文彬」。

（文彬慢慢講出「王文彬」三字，一轉即轉為老師，然後離開桌子漸激動。）

文彬：老師靠來一看，就把我ㄟ簿仔紙搶過去。
（老師口吻）你爸爸是陳國樑，怎麼你會姓王。
我說，我阿爸是王添財！老師你忘記了嗎？老師你沒有來我家買過東西？我家在廟旁邊開雜貨店。

（老師口吻）你爸爸叫陳國樑！
不是，是王添財！
（老師口吻）陳國樑！
王添財！王添財！
（老師口吻）你爸明明是陳國樑，你還頂嘴，去罰跪！
老師罰我跪在垃圾桶旁邊，要認錯才能起來。

（文彬把紙紮男童放在香案上，看著，好像看到當年的自己跪著。）

文彬：我沒有說謊，我不要認錯。
　　　放學的時候，同學都背上書包走了，我還跪著，一直跪到天都暗了。可是我沒有哭，一滴眼淚都沒有流。後來你來學校找我。我遠遠看到你，才大聲哭出來。我又餓又累，但臉上笑了起來，因為我沒有說謊！我爸是王添財，他來找我，要帶我回家了。

第二場
布袋戲偶廖添丁與說故事的人

文彬：阿爸，為什麼老師說你叫陳國樑？
　　　回家路上，我這樣問你。你只說，麥跟你
　　　老母講。我站那裡生悶氣不肯走，一張臉
　　　奧嘟嘟。然後你遠遠的喊我，說，行，阿
　　　爸帶你去廟埕看布袋戲，噗魷魚，打香
　　　腸。我一聽到高興死了，ㄅㄧㄡˇ ㄅㄧㄡˇ
　　　叫。

（布袋戲的後場音樂起，吵鬧混雜，還有喧鬧人聲，
彷彿回到拚場現場。）
（文彬看向周遭，似乎回到了當年廟埕場景，眼睛都
亮了，興奮不已。）

文彬：去到廟埕，四處攏是人，卡車一台接一

台，七八台布袋戲，仙拚仙。

（文彬彷彿在轉播武俠片，或描繪武俠小說般，唱作俱佳。）

（底下文彬每講到一臺戲，操偶師念出戲詞，彼此呼應，製造臨場感。）

文彬：我記得有一臺在演包公審郭槐。

包公：狼膽郭槐，口供招亦不招，你若不招，代！
　　　牛頭馬面！

牛馬：在。

包公：將他押下，上刀山，下劍海，睡釘板，揉
　　　腸肚，不得有誤！

牛馬：遵命。

（文彬講起另一臺戲。）

文彬：牛頭馬面真恐怖！還有梅花真人鬥濟公！

梅花真人：狼膽濟癲，大鬧梅花山，看我毒霧的

　　　　　厲害……

濟癲：啊，我昏啦！

（文彬講起另一臺戲。）

文彬：哈哈，濟公愛食狗肉結空空，喝燒酒用碗

　　　公！哇，（操偶師唱一個節奏過場）這邊在

　　　演景陽岡武松酒醉打老虎。

武松：現在猛虎出林，進無步，退無路，待我赤

　　　手空拳擊退猛虎！

（文彬講起另一臺戲。）

文彬：嚏嚏嚏……還有囝仔尚愛ㄟ孫悟空！

悟空：狼膽紅孩兒快將我師父放出來。

紅孩兒：大膽潑猴鬧我火雲洞，看我三昧真火厲

　　　　害！

文彬：害阿孫悟空屁股著火！卡緊溜啦！

操偶師：（唱，文彬也跟著）緊來走啊咿，屁股著

　　　　火，緊來溜……

（文彬看向香案上的廖添丁戲偶。）

文彬：阿爸阿爸，我問你，哪一仙布袋戲最厲

　　　　害？然後你就拿出了這個。

（文彬拿起香案上的廖添丁戲偶。）

（文彬模仿添財口氣。）

文彬：刀劍雖利難擋槍，第一英雄哈哈哈廖添

　　　　丁。

（廖添丁戲偶亮相。）

（文彬拿起戲偶，重現當年添財口吻，操偶模樣。）

文彬：講添丁、說添丁、添丁說不盡。這個廖添丁，腳手是一頂一，真正是人看人誇獎，鬼看鬼跌到，日本人看到就叫甘苦。百姓將伊當作寶！廖添丁帶著伊小漢ㄟ紅龜仔和日本警察作對頭，來無影去無蹤，還會易容術，改頭換面真厲害。

（文彬拿著廖添丁戲偶，整個人也跟著維妙維肖表現著。）

文彬：一會是妖嬌美麗的水姑娘，一會是青暝瘸腳老阿公！大家攏嘸知影廖添丁伊ㄟ盧山真面目？

文彬：阿彬啊，阿爸跟你講，咱作查脯人，就要親像廖添丁有正義感，敢對抗夭壽ㄟ垃圾政府！

（停頓。文彬回到自己口吻。）

文彬：後來睡午覺的時候，你都會拿廖添丁說故
　　　事給我聽。

（文彬將廖添丁戲偶，轉交給操偶師。文彬也拿出紅
龜戲偶扮演紅龜。）

廖添丁：猴嬰仔，你是誰？

文彬：啊你又擱是誰？

廖添丁：屎恁娘，我廖添丁甘講你看袂出來？

文彬：豪洨。有啥米本領你就展出來！

廖添丁：你這個死囝仔，連我也袂認ㄟ！我跟你
　　　　講，我吐一口口水可鑽過十八面牆，頭
　　　　殼頂ㄟ斗笠往天空一丟，隔天中午才落
　　　　下來。我ㄟ槍法更加厲害，可以打子彈
　　　　點菸，可以射中巷口尾阿雀姨，她家飯
　　　　廳菜尾上頭ㄟ那隻蒼蠅。連她家一隻螞

蟻爬過去，我用聽的，就知影是公的亦
是母的！

文彬：啊你知樣昨天桌上那塊餅是誰吃去？
廖添丁：猴死囝仔，用屁股想嘛知，除了你還有
　　　　誰。

（文彬咯咯咯笑了起來。）

文彬：果然厲害。
廖添丁：厲害歸厲害，但俗語在講螃蟹沒腳不會
　　　　走！人在江湖走跳，難免需要助手！我
　　　　ㄟ好朋友，第一代紅龜仔早早返去蘇州
　　　　賣鴨蛋，我一直想要找一個同款聰明ㄟ
　　　　第二代紅龜仔。
（文彬急急舉手。）

文彬：我我我，我數學考一百！

廖添丁：好，我就正式聘你當我ㄟ第二代紅龜
　　　　仔！

文彬：OH YA！

（文彬用嘴巴發出警車的鳴笛聲音，故意的時代錯
置。）
（文彬表情一變，低聲緊張地，突然發出警告。）

文彬：廖添丁緊走，外面幾百個日本警察，已經
　　　　將這個所在包圍了。

（文彬將紅龜交給操偶師，變成觀眾。）
（戲台上忽然竄出了牛頭馬面，包圍住廖添丁、紅龜
仔。）

牛頭：廖添丁，我們費盡千辛萬苦，才找到你ㄟ
　　　　行蹤，爹斯（日語語助詞）！你好大膽，膽
　　　　敢潛入總督府！你想造反是不是？雷斯嘎

（日語語助詞）！

廖添丁：哈哈……恁喔，偷偷走來到台灣，就講
　　　　自己是政府、是主人，攏袂覺得見笑！
　　　　我跟你說，吃過番薯簽才是台灣人！

馬面：廖添丁，今天就是你的忌日！

（廖添丁和牛頭馬面打了起來，馬面抓住紅龜仔，廖
添丁將牛頭飛踢。混亂中，牛頭馬面抓著紅龜逃走。）

廖添丁：害囉，紅龜被抓住，看來只能去東海龍
　　　　宮走一趟，聽說那裡有厲害ㄟ武器，定
　　　　海神槍。

（文彬突然發聲，對故事提出質疑，戲台上眾偶定
格，只剩廖添丁發話。）

文彬：你咧講罕古！是定海神針！不是定海海神
　　　槍！而且去龍宮找定海神針根本就是孫悟

空的故事！騙鬼袂呷水。

廖添丁：囝仔人嘸知影就恬恬。當初孫悟空會想
　　　　到要去海底找神針，是他打電話來給
　　　　我，我才告訴他這故事！伊整身軀衫褲
　　　　攏是跟我借乀。害囉！我乀小弟被抓走
　　　　了，我要趕緊來去水晶宮找武器。

（一陣噴煙，廖添丁變裝，換成孫悟空造型，威風凜
凜。）
（戲偶移動，場上轉換成《大鬧水晶宮》戲碼。）
（場景切到水族箱表演區塊，此地分作兩處，定海神
槍在水族箱內。）

文彬：哇！變身！

廖添丁：來到這個所在，烏烏暗暗陰冷啊陰冷，
　　　　應該是水晶宮到了，不管啦，找武器要
　　　　緊……

（文彬仔拾來一支九股叉，可以實際上拿了一支尋常吃水果叉子。）

廖添丁：（耍弄一番）這支三千六百斤ㄟ九股叉，突鳳梨插西瓜可以，相殺不行！

（文彬又拾來一支方天戟，可以實際上拿了一支尋常牙籤。）

廖添丁：（耍弄一番）這支七千二百斤ㄟ方天戟，串臭豆腐拄好，做武器不行！

文彬：嫌肝嫌胘，就歹逗陣ㄟ！

（廖添丁繼續探訪武器，走路踢到東西跌倒，發現一個金光閃閃的東西。）

廖添丁：這啥物？莫非是神珍鐵，重一萬三千五百斤，埋佇土底我該如何是好。

（廖添丁繞著神鐵看，打量，神珍鐵可以是一支鐵湯匙。）

（廖添丁試著拔神鐵，失敗。再試，又失敗。）

廖添丁：人家都說這神鐵有靈性，可以聽人話，我來和它先交陪，作一下朋友！（開始裝可憐）神鐵，阮老母今年三歲半阮囝今年九十三，今日拄著危險，你嘛拜託幫幫忙，好嘸？

文彬：幫幫忙啦！

（神鐵毫無變化。）

廖添丁：神鐵啊神鐵，今那日我見著你算咱有緣，乖，卡聽話啦……

（廖添丁邊說邊撫摸、磨蹭它，神鐵硬起來，隆起。）

廖添丁：啥物……伊竟然歹起來啊……

（廖添丁這回使盡吃奶力氣，拔起神鐵。）
（廖添丁帶著神鐵，蹦出水族箱，擋在紅龜仔身前。）
（廖添丁擺弄神鐵，倏忽間，換成了一把槍。）

廖添丁：恁娘咧，這呢大隻莫非是……
眾人喊：定海神槍！
廖添丁：紅龜啊，我來救你了！

（牛頭馬面從某處竄了出來。）

馬面：定海神槍來了，快跑啊！
牛頭：馬弟，沒關係，我有從東北帶了東北大老
　　　虎！
馬面：牛哥，在哪裡？
牛頭：就在這裡面！

（文彬開紙紮冰箱，拿出老虎戲偶。紅龜仔從另一處登場。）

紅龜仔：好加在，好加在，要不是我老大厲害，不然這次換我去蘇州賣鴨蛋！

（廖添丁再登場時，已是武松造型，紅龜仔不認得。）

紅龜仔：少年ㄟ你是……
廖添丁：哇啦！
紅龜仔：你誰？
廖添丁：我，恁大ㄟ啦
紅龜仔：大ㄟ，你那ㄟ換一套衫
廖添丁：剛剛去東海水晶宮，衣服都濕了，換這套！

（紅龜仔跳到電視上，逗弄老虎戲偶，剛開始沒有認出是老虎。）

紅龜仔：喵？

老虎：吼！

紅龜仔：不是啊？

老虎：吼！

紅龜仔：你牛駒？

老虎：吼！

紅龜仔：慘啊，不是喵，不是牛，不會是……老
　　　　虎，緊溜！

（紅龜仔跟老虎對打，扳住老虎嘴巴。）

紅龜仔：等一下，臭摸摸，這隻虎你有蛀牙喔！
　　　　我嘎你看看喔，一顆兩顆三顆，這顆好
　　　　大洞！

（老虎頓住，紅龜仔趁機跑。）
（紅龜仔奔向廖添丁！）

紅龜仔：大ㄟ，虎來啊！

廖添丁：免驚！好ㄟ給我，歹ㄟ給你！

（廖添丁拿出槍！）

紅龜：大ㄟ，小心！

廖添丁：孽畜，今天我就要用這枝定海神槍將你
　　　　打死，為民除害！

（廖添丁正要開槍時，一個跟蹌，失了準頭，朝空中
開槍。）

紅龜仔：大仔，卡小心ㄟ，若無銃籽無目睭胡白
　　　　彈，毋知誰人卡衰尾椎著銃籽。

廖添丁：哪有這麼衰尾的代誌！

（誤發的子彈果然轉了個彎，又朝廖添丁身後飛來。）

（廖添丁察覺，大驚，逃向紅龜仔，嚇得紅龜仔也跑

起來。)

(紅龜仔奔向牛頭馬面，一夥人又奔向老虎，結果大
家都在逃命，最後摔在一塊。)

(文彬起身，回到原本大人狀態。)

文彬：阿爸，那次我們太大聲，吵到人家睡午
　　　覺，連鄰居都跑來抗議，還罵了你一頓。
　　　你一直跟人家道歉，我笑死了。

(停頓。)

文彬：新一代廖添丁和紅龜仔，飛天鑽地，出生
　　　入死，每一次我攏看到嘴呀開開！長大以
　　　後，我才發現很多事，你根本都是在唬
　　　爛。

　　　一九五九年八七水災那一年，颱風作大
　　　水，你說，水淹到好幾層樓高，大船都可

以ㄟ開到厝尾頂啊！那年我才十九歲，活龍一尾，潛入水攔起來再潛了攔起來，閉氣一次半點鐘久，前前後後救幾百個人！連美國總統攏寫批來給我感謝！

一九六八年，紅葉少棒隊跟日本明星隊比賽！你在觀眾席上，大喊，摃出去，免驚，恁杯給你靠！那個小男生聽到你的話，跟你比個讚，這才打出全場最重要的一支紅不讓！

還有還有，你說一九七一年，中華民國退出聯合國，全台灣攏緊張到皮皮挫驚到嘛嘛耗ㄟ時陣，我出世了！眼睛張開一看到你，我就嘴笑目笑，咯咯咯！豪洨！你說，阿彬，你註定就是要出世來乎大家振作！所以查脯仔不行哭，被欺負、被罵、被幹譙都不行哭，要笑！不管別人怎麼

說！只要笑，咱就贏了！

（停頓。）

文彬：不過，阿爸，一直到你頭殼越來越趴代，
　　　你還是沒告訴我，陳國樑是誰！
　　　只有一次，我問你，那個去蘇州賣鴨蛋的
　　　第一代紅龜仔是怎樣的人？
　　　你說，伊喔，讀冊人、機掰人，死腦筋跟
　　　水牛同款，不像你這猴死囝仔，尚會變鬼
　　　變怪。嘸過，伊真會編故事！阮這組紅龜
　　　仔和廖添丁，走南竄北，江湖走踏，自台
　　　灣蘆洲到日本九洲，日本人被阮打得節節
　　　敗退，你媽媽尚愛聽阮倆ㄟ在那邊噴雞
　　　吹，念瘋話！

　　　那個人叫什麼？我認識嗎？
　　　伊是阮換帖的，叫國樑啦。

然後咧？然後就沒有了。

從此以後，你嘴巴閉得緊緊的，不管我怎麼問，都沒有再提起過！

第三場
潘金蓮與躲在房間裡的母親

文彬：老實說，我也有想過從媽那邊下手！可是
　　　媽媽總是待在自己房間裡，沒有出來，也
　　　沒有人進去。
　　　想她，我就只能從窗戶偷偷看。

（文彬走近彩樓，彷彿真的從窗戶窺伺。）

（彩樓上，潘金蓮的戲偶現身，她梳妝、搖扇、撐
傘，展現女性各種柔媚。）

（文彬試著對潘金蓮的戲偶發話，可是沒有得到回
應。）

文彬：阿母……

（文彬馬上又比了一個噤聲的手勢在嘴前。）

文彬：噓！常常我才要喊她，你都會跑過跟我說……你老母破病了，麥攪吵，讓她多休息。我知道。我其實都知道。媽媽半夜不睡覺。只要有稍微大一點的聲音，她都會嚇到，覺得有什麼東西跑出來。

（文彬退開來，看著戲台上的潘金蓮，惆悵地看著。）

文彬：一天三餐，你把飯菜端進去，然後就出來，把門輕輕關上。這麼厲害的廖添丁，武功再厲害，再會飛簷走壁，也沒用！唔落賽，無效喇！晚上還是一個人睡在客廳硬梆梆的椅子上

（彩樓另一頭，廖添丁的戲偶現身，也遠遠看著潘金蓮戲偶。）

文彬：阿爸，你說這叫做……

廖添丁：英雄難過美人關。

文彬：尤其，是像媽媽這樣美的女人。這關，你
　　　是注定走袂過。

　　　阿爸，雖然我們家這麼奇怪。年紀再大一
　　　點，有些事我也就明白了。

（文彬坐到地上，開始又折起了紙蓮花。）

（潘金蓮在彩樓上對鏡梳妝、打扮、撐傘，展現女性
嫵媚身段。）

（王婆登場，復古的俗艷造型。）

王婆：（唱）虧我虧我人費盡心啊心啊為呀著伊
　　　哎喲君一人，害我昨暝夢個一啊大夢，枕
　　　動被動我眠床會振動，翻來覆去目珠擎金
　　　閣看無人，蠓罩掀開著又閣空空，為君你
　　　人割吊我一點相思我這病這重！

（王婆走近金蓮，先逗弄一旁小竹籃裡的孩子。）

王婆：金蓮啊，你喔，就嘸通想袂開啦。世間
　　　事，總嘛注定好好，命長命短是嘸由人。
　　　你尪嘸去，今嘛剩你一個查某，還帶一個
　　　幼囝仔，是要怎麼生活。我替你煩惱到抹
　　　呷抹睏！不過你看你，還這麼年輕，還生
　　　得這麼水！就是古早ㄟ四大美人，也不能
　　　跟你比！雖然齁，今嘛民主時代，自由戀
　　　愛，免人介紹，雙人意愛。我這個媒人
　　　婆，還是有替你心內操煩。

（王婆走到金蓮身旁，看著鏡子。）

王婆：你知嘸？真多查脯在跟我探聽你！親像賣
　　　水果ㄟ高腳國、開當鋪ㄟ陳老闆，還是碾
　　　米廠ㄟ邱阿舍！我有替你先選過，一個一
　　　個攏是真將才！姐啊我，看查脯人是絕對
　　　袂走鐘。來，跟阿姐講，你尬意哪一種！

（廖添丁走到潘金蓮身旁，王婆看見，驚得連退三步。）

王婆：金蓮啊，你是頭殼糊到紅毛土是嘸？
這阿財雖然跟你自小作伙大漢，再怎麼說伊是下跤手人，這敢有適合？而且，伊又醜又窮又嘸好頭路！你選伊，以後一定會呷虧！

（潘金蓮擁抱廖添丁。）

王婆：你喔，一定會後悔！
（王婆氣呼呼離去。）

文彬：日子一天天過去，房子舊了，人也變老了，你跟阿姆的頭髮也都變白了。我幾乎要忘記陳國樑這個人。只有在外面舉廣告牌的時候，下午很累、很想睡，才會偶爾

想到他。但他其實一直都在。

（停頓。）

文彬：那天我回來。一進門就看到你坐在地上，
抱著阿母。她滿頭的血，閉著眼睛，頭靠
在你的手上，一動也不動。

我衝到阿母ㄟ身邊，摸她、叫她，她都沒
回應。我摸她脖子，脈搏已經沒在跳了。

爸，那ㄟ按捺？發生什麼代誌？

你好像聽不到我，只是坐在那裡，一直看
著自己手上沾到的血。一直等到救護車來
了，你還是死抓著阿母的手！好幾個人，
拼命要把你手拉開，可是你力氣好大，不
肯放。都快七十歲了，不知道哪來這麼大

的力氣。

爸，你一直抖、一直抖，是ㄟ冷嗎？

（文彬從箱子裡拿出一件舊外套，溫柔地披在椅子
上，彷彿是在幫添財加衣。）
（文彬輕拍、安撫，不敢驚擾觸動。）

文彬：我幫你披上一件外套，你靠過來，很小聲
　　　的在我耳邊說。
　　　是國樑。他要來把你老母帶走。

（文彬摟住披掛在椅子上的外套，彷彿要讓他冷靜下
來。）

第四場
被打開的記憶盒子，失智阿爸

文彬：救護人員後來說，阿母應該是跌倒，頭撞
　　　到，失去意識！其實這樣也好，沒痛沒病
　　　沒牽掛。

（廖添丁戲偶自角落探頭，偷偷看著文彬，和文彬對
望。）

文彬：可是爸，你變得越來越奇怪。醫生說，你
　　　腦袋裡的血管堵住了，血不通，頭腦不清
　　　楚，有中風還有失智的症狀。你開始認不
　　　得我，也認不得你自己。

（蒸籠上，竄出了廖添丁，且換上了孫悟空造型，演
出火焰山戲碼。）

（可以用彩帶作出火焰焚燒的感覺。）

廖添丁：來到這火燄山烈火沖天！幸好我向芭蕉
　　　　公主借來芭蕉扇！待我施展法寶將火來
　　　　滅！

（廖添丁搖扇，然蒸籠卻開始冒出煙，廖添丁似是被
燙到，蹦跳。）

廖添丁：一手搧火，一手捏火，手搧火、手捏
　　　　火，搧火捏火！火怎麼越搧越大，阿娘
　　　　威，救人喔！

（文彬衝去關上了蒸籠的煙！）
（廖添丁煽火，將東西推落地上，搞得遍地凌亂！）

文彬：阿爸，你開瓦斯衝啥？（緊急蓋布滅火）整
　　　間房子快燒起來！若火燒厝，咱要去住

哪？

（文彬見狀嘆氣，彎下身去，開始收拾。）

文彬：跟你講過很多次，你飯呷嘸完，不可以藏
　　　在眠床底，會生老鼠蟑螂，厝內ㄟ臭摸
　　　摸！
廖添丁：眠床下面有很多人咧講話（開始抖
　　　床），他們攏是魔神仔！半暝沒人ㄟ時
　　　陣，牠們就吱嘎叫，爬到你身軀上，咬
　　　你ㄟ衫，嚙你ㄟ目珠，還會哺你ㄟ手指
　　　頭啊！被他們抓進去，你就有路去，嘸
　　　路返來！
文彬：你講誰？

（廖添丁消失，在水槽旁竄出了另一尊濟公造型的廖
添丁，搖著蒲扇。）

廖添丁：嘿嘿嘿！

文彬：你到底又再舞哪一齣？

廖添丁：貧僧濟顛！喂，你，緊拿燒酒、狗肉來
　　　　孝敬我！

文彬：你全身驅臭尿辣味，要幫你包尿布又不
　　　　要，還自己扯掉！今嘛眠床、地板全全
　　　　尿，你暗時是袂安怎睏？

廖添丁：我今嘛就要吃飯，緊，好酒好菜傳來。

文彬：你已經吃兩碗飯了，再ㄊㄨ一落，你腹肚
　　　　就撐破！

廖添丁：（怒斥）你這個惡毒ㄟ妖孽，我要跟我
　　　　囝仔阿彬講！你歹心烏漉肚，攏嘸給我
　　　　吃飯，想餓死我！

文彬：幫幫忙，卡小聲ㄟ，不然等一下鄰居又跟
　　　　警察檢舉我們。我帶你去沖一沖！

廖添丁：免。

文彬：你今那日有放屎嘸？要是又便秘三天，沒
　　　　有大，等一下我就用手幫你挖！

廖添丁：我不要喔。

文彬：拜託。我等等還要出門上班，嘸時間啊。

廖添丁：你麥靠過來喔！

文彬：阿爸！

廖添丁：你這個惡徒，已經犯法！

（牛頭馬面從廖添丁身後竄出，拿著驅逐牌，彷彿在驅散抗議民眾。）

牛馬：驅離！驅離！

廖添丁：再靠近，我就要動用非常驅離手段！

牛馬：驅離！驅離！

（文彬仍走近廖添丁，牛頭馬面用水槍噴灑文彬，弄得文彬一身濕，動怒。）

文彬：（怒極脫口）你衝啥啦？我已經借不到錢了，我如果再遲到就會沒工作，時到咱就

　　　　愛呷土了！你是要咱逗陣去死嗎？

（文彬怒吼，場上戲偶消失。）
（文彬擦地板，四顧，沒有看到廖添丁戲偶，緊張起來。）

文彬：阿爸、阿爸，你低叨位？阿爸～

（文彬開始瘋狂翻找家裡，一一細看，都沒有看到廖添丁戲偶。）
（廖添丁在另一處舞台空間，現身，唱起林沖夜奔唱詞，隱喻失智添財的失蹤逃亡。）

廖添丁：寒夜迢迢風似刀。
文彬：那天我下班，累到躺在客廳睡著，半夜起
　　　來就沒有看到你了！
廖添丁：萬里追兵如猛虎。
文彬：大門開開，我到處喊，到處找，都沒有看

到你！

廖添丁：只恨天下難容身。

文彬：我拿起手電筒往外衝，拼命的找。阿龍、厝邊、里長、警察，大家都半夜爬起來到處找你！

廖添丁：崩天亂石斷生路。

文彬：阿爸，你連自己攏袂認ㄟ，你是走到叨位去？

（場上稍暗，後方牆上，用剪紙打出了城市街景陰影。）

（一個小追焦聚光，打在牆上，照亮正倉皇出逃的廖添丁戲偶。）

（廖添丁此時已換上了林沖造型。）

廖添丁：俺廖添丁，虎落平陽被犬欺，後有追兵來近，佈下天羅地網，要來捉我。無走性命危險，就此走罷。

（廖添丁一路逃，一路做出俐落武打身段。）

廖添丁：世道不明風雨飄，惡人當道恨難消，有
　　　　朝飛身上九重，掃滅奸賊海沸山！
文彬：阿爸！你是勒叨位？

（紅龜戲偶現身，彷彿是文彬的另一化身，也在焦急
尋找廖添丁。）

紅龜：大仔！你是佇叨位？

（廖添丁戲偶在牆上遊走，小聚光一路跟隨，沿途可
以聽到急急煞車聲音、狗吠聲音，路人咒罵聲，顯示
廖添丁出逃後的一路顛簸。）
（剪紙投影上，可以是高山峻嶺、窮山惡水的難關意
象，拉出另一種虛實映照，更呼應廖添丁的想像世
界。）
（廖添丁身手矯捷，一路展現武藝，橫渡關口。）

（文彬拿起手電筒在牆上打出另一個光圈，紅龜仔戲偶在牆上光影間穿梭，一路追隨剛剛廖添丁走過的路途。）

（牆上光影變換，水光粼粼，紅龜仔去到水邊。）

文彬：我走到溪邊，看到你的鞋子，卡在石頭縫，人不知道去哪。

紅龜：會掉到水裡面嗎？

（文彬、紅龜一起跳水中。）

文彬：阿爸～

紅龜：大ㄟ！

（牆上光影變換，紅龜仔沉潛，探水找人。）

（紅龜仔眼尖，看到廖添丁，急拉上岸，開始CPR急救！）

（廖添丁吐水，醒活過來。紅龜仔抱著廖添丁。）

（文彬抱著舊外套，擦著眼淚，開心笑了起來。）

廖添丁：阿彬啊，你咧哭啥？阿爸在這裡，免
　　　　驚。

文彬：嘸啦，我是歡喜才會哭。

廖添丁：憨囝仔，歡喜要笑，歡喜哪是哭啥？你
　　　　有看到你媽媽嘸？我走出來找伊，攏嘸
　　　　看到人！

文彬：（頓，說謊）喔……阿母在厝內等咱！
　　　走，咱返去啊。我揹你！

（紅龜仔揹起了廖添丁。）

廖添丁：不要讓你阿母等太久，咱緊行。

（場上光影轉換，紅龜仔消失，留下文彬和廖添丁，
象徵回到家裡場景。）
（王婆的戲偶從某處現身，此處代表著鄰人大嬸，和

文彬交談。)

王婆：阿彬啊，這樣不行啦。恁老爸佇厝裡毋是
　　　放火燒厝、就是厝內淹水，弄到厝內一堆
　　　蚊蟲蟑螂了了，半暝擱舞這齣人嘸去，舞
　　　得一四過亂糟糟，這樣阮這些厝邊是欲安
　　　怎住ㄟ落去。

文彬：阿姨，我知啦，我ㄟ注意。

王婆：你白日要上班，晚上要顧你爸，攏免睏喔。
　　　我跟你講，現在有那個低收入戶補助，你
　　　送你阿爸去住療養院，免了存嘸力。

文彬：去那種所在，看嘸我ㄟ人，伊ㄟ驚！我還
　　　是希望伊留在厝內。

王婆：你喔，這樣可以了啦！又不是親生老爸，
　　　顧得這麼著勻，人家不會說閒話了，趕快
　　　送去，若無你會顧得頭，袂顧得尾，會累
　　　死你自己！

（文彬將外套緊緊抱在胸口，沉默，沒有回話。）

文彬：阿爸，我在這。你免驚，我袂離開你。
王婆：你喔……牛就是牛牽到北京還是牛，講袂
　　　翻車！

（王婆戲偶消失。）

文彬：為了怕你再出事，我開始收拾家裡。
　　　鎖門、關瓦斯、關水關電，收剪刀、菜
　　　刀、螺絲起子。連阿母ㄟ房間我攏去巡
　　　過。結果在衣櫃抽屜裡面，發現一封掛號
　　　信，日期就是阿母出事那天。
　　　信封裡頭，是一顆斷掉的牙齒，和一張發
　　　黃信紙。那張紙又舊又臭，好像輕輕一捏
　　　就要碎了。我打開它。上頭寫了一些字，
　　　一筆一畫，非常工整。
　　　我看到這封信的署名是，陳國樑。

這是他一九七一，民國六十年，寫下的，
一封遺書。不知道為什麼，等了四十多
年，才終於寄到。

第五場
遲來的一封遺書

（文彬從口袋裡，拿出一張信紙，念了起來。）

文彬：（國樑口吻）金蓮，身體都好嗎？快生了，要照顧自己。我可能看不到我們的孩子了。好好帶大他。如果可以，去改嫁吧。對不起。人總有一死，請不要過分傷心。不要怪阿財，我不怪他。

（文彬收起信紙。）

文彬：不到一百字。那封信的內容好少。什麼都沒有多講。
我去檔案局申請資料，第一次知道陳國樑這個人是誰。釣魚台保釣運動、副教授、

資本論、馬克思主義與唯物史觀、讀書會、成大學生共產黨事件、匪諜、涉嫌叛亂，死刑。

關於陳國樑最後的下落，我只找到一小段紀錄。警察為了讓他招供，對他審問了兩天兩夜，不讓他睡覺。

（文彬走到椅子旁，並坐下，轉換姿態，變成刑求室裡頭的陳國樑。）

文彬：（國樑口吻）學生是無辜的。他們都是聽了我的話，讀了一點我給他們的書。什麼都沒做。沒其他人了。只有我一個。
我不是匪諜。我只是盼望，能夠講自己想講的話，能夠，生活在一個自由的地方。

（文彬起身，離開椅子，目光仍舊看著椅子。）

文彬：陳國樑回到自己牢房以後，就用褲帶上吊
　　　自殺了。我一張一張，讀著影印的資料，
　　　有很重的碳粉味道。有的地方模糊看不清
　　　楚，可是我看到一個很熟悉的名字，王添
　　　財。上面寫他提供證詞，說，陳國樑時常
　　　批評政府，的確有共產思想。

（沉默。）

第六場
審問

文彬：阿爸，我那天走了很長的路回家，走了好
　　　幾個小時。到家以後，我一樣餵你吃飯，
　　　替你洗澡，揹你上床睡覺。可是我忍不住
　　　一直想，一直想，到底發生了什麼事。

　　　阿爸，是不是腳踏錯一步，就嘸法度回
　　　頭！

（廖添丁戲偶在冰箱上現身。）

文彬：阿爸，我想問你一件代誌。就是陳國樑這
　　　個人。
廖添丁：國樑？你是國樑嗎？
文彬：阿爸⋯⋯

廖添丁：國樑，你嘸是死了？怎麼返來了？

（文彬猶豫，最終決定假扮國樑，跟阿爸對話。）

文彬：（猶豫，開始用國樑口吻講話）……是，我
　　　是國樑，我回來找你，是想問一件事情。
　　　他們好像有找你去……你……有跟他們講
　　　什麼嗎？

廖添丁：我……

文彬：（國樑口吻）那些人把我抓起來，還把我
　　　吊在半空中灌水！水從眼睛、鼻子、耳朵
　　　慢慢流出來。最後還用針插進我的指甲
　　　縫！十支指頭啊十支針，一支一支慢慢啊
　　　給我凸。凸給我強要凍袂住。你到底跟他
　　　們說了什麼，你講啊！你講啊！

廖添丁：我……我……

（幕後，牛頭、馬面大喊一聲，升堂！）

（音樂進，可能是黨歌或國歌變奏改為傳統曲牌。）

（牛頭馬面拉懸吊繩，升黨旗降彩樓。）

（彩樓上，包公帶著牛頭馬面現身，身旁還有著白色恐怖時期的戒嚴標語，恍如警備總部拷問室的延伸，卻上演著《包公夜審郭槐》戲碼。）

（剪紙可以投影出一個國民黨黨徽的陰影意象。）

（包公重重擊打了案頭，顯示威武。）

包公：狼膽王添財，口供招亦不招？

廖添丁：大人啊，無影無跡ㄟ代誌是欲如何來
　　　　招？

包公：叛亂分子陳國樑到底跟共產黨有無關係？

廖添丁：嘸啦，伊只是一個教書ㄟ，哪有可能去
　　　　搞這個……

包公：大膽！牛頭馬面！

牛馬：在。

包公：大膽！你若不招，就將他押下，上刀山，
　　　　下油鍋，睡釘板，受盡苦刑，你若不招，

仔細看來！

牛馬：遵命！

（牛頭馬面走去一旁，展示白色恐怖時期的種種刑
罰，可以是簡單影像投影。）

（廖添丁發起抖來。）

包公：王添財，我再問一次！陳國樑跟共產黨什
　　　麼時候開始聯絡？

廖添丁：大人，我真正是……真正是……

（廖添丁哀號，彷彿驚懼到快崩潰。）

包公：你嘴這麼硬，嘸要緊！下一個就換伊某，
　　　我就不信伊袂招！

廖添丁：不可以！不可以！伊有孕！

（廖添丁爬起身，準備招供。）

（文彬走近，廖添丁看到文彬又發起抖來。）

文彬：添財，你跟那些警察說了什麼⋯⋯

廖添丁：他們說⋯⋯只要照他們的話講，阿蓮和
　　　　嬰仔就會平安。咱三個自細漢，作伙大
　　　　漢，我不行目珠金金看阿蓮被抓進去！

（文彬震驚，忽然像是明白了什麼，口裡喃喃念著遺
書字句。）

文彬：所以⋯⋯是那封信，阿母是收到那封信才
　　　會⋯⋯

廖添丁：你已經死了，為啥米陰魂不散閣返
　　　　來⋯⋯返來破壞我和阿蓮平靜的生
　　　　活⋯⋯

（廖添丁語氣突然激動起來，幾乎像是自言自語，對
著看不見的國樑大吼。）

廖添丁：為啥米你逐項攏有，我就要悽慘落魄。
　　　　你若是不在，阿蓮就會跟我逗陣。阮就
　　　　ㄟ凍真正變做一家夥了。你走！你袂跟
　　　　我搶阿蓮！你走！

（廖添丁憤怒大喊）
（文彬回復身分，萬分疲倦地委頓在地。）

文彬：我不知道我們兩個到底是誰發瘋了，是我
　　　嗎？
　　　阿爸，就像你常講的。人生在世，只要腳
　　　踏差一步，就嘸法度返頭啊。一步錯，步
　　　步皆錯！

84

第七場
受難者家屬典禮

文彬：阿爸，其實我一直瞞著你，在你過世前幾
　　　個禮拜，我有收到政府通知，說要找當年
　　　受難者的家屬，要跟我們道歉補償，還我
　　　們公道。有一個記者跑到家裡來，說我是
　　　陳國樑唯一活著的親人，現在接到消息，
　　　有什麼感覺？我不知道，我應該要有什麼
　　　感覺？

（文彬取來了紅龜仔的戲偶，緊張地看向四周，又理
了理身上衣服，好像身在典禮現場。）

文彬：阿爸，你過世以後，我整個人失魂落魄，
　　　哪裡都去不了，後來，我去參加典禮，到
　　　了會場，會場裡面好多人，地上鋪著紅地

毯，很熱鬧。有一面牆，上面的照面全是
當年死在牢裡的受難者，我找了好久才找
到陳國樑。

（文彬操持著紅龜仔，用紅龜仔的手，彷彿去碰觸那
張遺照。）

我跟他長得很像，只是他斷了一顆牙齒，
一直看著我。我摸了摸自己的臉，好像我
也斷了一顆牙齒。
最後，我們一群人被安排坐在角落，記者
對著我們一直拍一直拍，我的眼睛被閃光
燈照得快要張不開。

（包公帶著牛頭馬面，在戲台上威武進場，三偶一起
跟文彬鞠躬。）
（文彬顯得侷促不安，撇過臉去，不敢看。）

文彬：總統在台上講話，我們一個一個被叫去握手，大家都有一張名譽恢復證書。

（包公接過牛頭馬面遞上來的獎狀，慎重地頒給了文彬。）

（文彬用紅龜仔戲偶去接，獎狀和偶的大小對比，顯得荒謬。）

文彬：輪到我的時候，總統跟我說，政府對不起我們家，對不起我阿爸。

現在說對不起有用嗎？我來不及問他，突然一隻鞋子飛過來，打到我的臉。

（紅龜仔戲偶被鞋子砸到，掉到了地上，文彬趕快撿起來。）

（牛馬戲偶驚慌碎詞，大人有狀況……沒關係我們要鎮定……）

（文彬將偶和獎狀放下，搶麥克風。）

文彬：一群人衝了進來，又砸又打，場面亂糟糟！

牛馬：哎呀小心，大人腦袋中鞋了！

（包公戲偶在牛頭馬面護送下速速離去。）

（文彬伸手左擋右擋，彷彿也被波及。）

（以下抗議民眾聲音，可以用畫外音處理，或是透過場上的收音機播送，繼續維持住魔幻氛圍。）

抗議民眾：人攏死啊，辦這三小典禮，欺騙社會。幹！

抗議民眾：袂見笑，政府開淡薄啊錢和一張破字紙，頭給你娑娑ㄟ，就嘎你們買收去！你們是賣按怎對ㄟ起死去那些人。

抗議民眾：賊仔政府，你還跟他們說多謝，他們是殺人ㄟ兇手！

（文彬受衝擊，腦袋混亂，一時反應不過來，喃喃重複著語句。）

文彬：殺人ㄟ兇手……到底是誰……阿爸，甘嘸是你！

（文彬錯愕，然後苦澀地笑了起來。）

第八場
殺機四伏的夜晚

文彬：你死的那晚上，我就在你身邊。

　　　半夜我醒來，聽到奇怪聲音，以為是老鼠
　　　在偷吃東西。走到廚房，發現你倒在地
　　　上，全身抽蓄，吐了一地，大小便都出來
　　　了。旁邊有一盒打開的老鼠藥。

（戲台上紅龜仔現身，不遠處，倒地重傷的廖添丁，
爬向紅龜仔求救，然而紅龜仔不聞不問，甚至踢開了
廖添丁。）

文彬：不知道為什麼，我沒有走過去。

　　　我只是站在旁邊，看著你，然後你就沒有
　　　動了。

（文彬開始流淚，蹲了下來，撿起地上那件舊外套。）

（文彬拉拉布，默默看著已經不會動的偶。）

文彬：你死後，我一直沒有辦法一覺到天亮，我
　　　想不透，為什麼我沒有去救你，目珠金
　　　金，看你躺在那。
　　　「不要怪阿財，我不怪他！不要怪阿財，
　　　我不怪他！」為什麼陳國樑最後會這樣
　　　講？

（文彬將外套緊緊抱在懷中，頭埋在外套裡頭，壓抑
地哭泣了一會。）

文彬：爸，你全身軀汗，衫仔褲攏濕漉漉，我帶
　　　你去眠床睡，按內才袂感冒。

第九場
歸來，廖添丁和紅龜

文彬：現在房子裡只剩我一個人，無依無靠。

　　　你在那裡有看到陳國樑和阿母嗎？

（文彬走過身旁許許多多的紙紮物品。）

文彬：我做了很多東西，如果你回來了，可以一

　　　起給他們。

　　　我最近會想起你以前說過的，那些唬爛的

　　　事。

　　　一九七一年，台灣退出聯合國，大家嘛嘛

　　　耗ㄟ時陣，我出世了！眼睛張開，第一眼

　　　看到你，我就嘴笑目笑！

　　　你說，查脯囝仔不行哭，要笑！只要能

笑，就贏了！

（戲台上忽然竄出了牛頭馬面，包圍住廖添丁。）
（文彬轉頭看著戲台。）

牛馬：廖添丁，我們費盡千辛萬苦，才找到你ㄟ
　　　行蹤！爹斯（日語語助詞）！
廖添丁：恁喔，偷偷走來到台灣，就講自己是政
　　　　府、是主人，攏袂覺得見笑！我跟你
　　　　說，吃過番薯簽才算是台灣人。
牛馬：廖添丁，今那日恁就作忌的日子！雷斯嘎
　　　（日語語助詞）！

（廖添丁和牛頭馬面打了起來，略占上風，豈料敵人
施暗手，打傷廖添丁。）
（牛頭馬面再想出手時，紅龜仔跳了出來，拿著定海
神槍，擊退敵人。）

紅龜：啊！大ㄟ，我來救你！

牛馬：定海神槍！

紅龜：看槍！

（文彬看著紅龜仔搶救廖添丁，微笑。）

文彬：阿爸，如果你有遇到陳國樑，我那個無緣
　　　的老杯！你可以跟他說，廖添丁沒死。

（砰！一聲槍聲！）

牛馬：快跑！不跑沒命！

紅龜：啊！大ㄟ，你有要緊嘸？我來救你了！

廖添丁：我的好兄弟！

紅龜：大ㄟ！

（彩樓上，廖添丁和紅龜仔相擁。）

（場上燈光漸暗，後場音樂漸收。）

文彬：廖添丁有再遇到一個紅龜仔！他ㄟ在厝內
　　　等著你們返來。會把這故事繼續扮落去。

（燈光收盡的時候，黑暗裡，有一聲清脆的風鈴，響
了起來。）

——劇終——

此版劇本依據首演後修訂完成。

首演資訊與製作團隊

《白色說書人》White Storyteller

二〇一七年十月十二日至十四日，共計四場，台北，國家戲劇院實驗劇場。

同黨劇團（The Party Theater Group）

導演 戴君芳

編劇 詹傑

演員 邱安忱

操偶師 吳榮昌、黃武山

舞台監督 蘇揚清

舞台設計 林仕倫

燈光設計 劉柏欣

音樂設計 蔣韜

剪紙暨光影設計 Tim Budden

戲偶設計製作 賴泳廷

演員服裝設計 林君孟

戲偶服裝設計 林淑鈴

微塵望鄉

Homecoming

詹傑——編劇作品

微塵，在回家的路上

文／鄭嘉音（無獨有偶劇團藝術總監）

「媽媽的手／抱著孩子媽媽的手／照顧孩子孩子吃的飯／是媽媽煮的孩子喝的水／是媽媽煮的天氣熱的時候／媽媽的手傳來微風／孩子睡香香天氣冷的時候／媽媽的手帶來溫暖媽媽的手／為孩子而生有媽媽的手／孩子漸漸長大」

這首越南童謠，因為《微塵望鄉》這齣戲裡要唱，演員努力學習基本越語發音，這是從事戲劇創作珍貴之處，為了傳遞一個故事，我們去了解平常不可能接觸的事物、遙遠的異國

文化。

　　說是遙遠，其實也很近，在台灣有非常多家庭，依賴外籍看護代替缺席的兒孫輩，照料家中的長者。公園裡，常常可以見到她們推著老人家出來曬太陽，利用一點點時間和同家鄉的人聊天，或是週日的火車站，熱鬧得如同市集，身處異鄉可以用母語盡情地交談，一張張咧開的笑嘴，白色牙齒閃閃發光。

　　時間回到二○一五年底，因為欣賞詹傑的幾齣創作，提出了合作的邀約，我們在國家劇院的咖啡廳討論要做什麼樣的題材。當時，陸陸續續開始有了一些關於移工生活描寫的著作，以及關於移工勞動權益不盡合理的報導。這樣的社會氛圍下，我們興起了以飄洋過海、遠離家鄉的移工族群為題材做一齣戲。我聊到，在陪伴長輩探訪親友的過程中深深體會，當雇主談論到這些國際移工時，聽起來完全不像是在討論一個與我們平等的人，而像是一個可以被交易的物品，或是可

以任意支配命運的一個較低等的生命，而我希望大家能夠了解他們也是和我們一樣，有著各種個性、各種不同願望的個體。詹傑向來擅長描繪生活中的小人物，對於以田野調查的方式來形成一齣戲，更是他最感興趣的創作方式，我們於是開啟了、為這些輕如「微塵」的生命進行一段「望鄉」之旅。

在相關書籍報導中閱讀到的真人實事，不乏慘烈逃亡、被仲介騙錢等悲慘紀錄。所以，一開始的想像，是沉重而義憤填膺的。而在二〇一六年間，在南洋台灣姊妹會的引介下，詹傑陸續訪問了幾位姊妹時發現，雖然離鄉背井造成許多不適應與溝通困難，這些姐妹給人的感覺卻很陽光，甚至搞笑到不行，用堅韌的幽默感回應生活的艱難。於是，我們決定拋開標籤與包袱，定調為塑造一位正能量爆表、情緒鮮活的主角。考量到越南的生活習慣與我們比較接近，可以減少解釋文化差異的篇幅，直接進到人物內心的描寫，於焉，來自越南、

集精明幹練體貼於一身又寶里寶氣的「寶枝」誕生了，她來到馬莉莉的家中照顧莉莉的失智父親，開啟了關於「家的定義」的詰問。

這齣戲是以女性為主要描繪的對象，因此組成了六位「全女班」演員組合。二〇一七年的上半年，我們陸續做了一些工作坊，先是將各自閱讀、參訪以及自己家裡的經驗，互相分享。再藉由詹傑提供的田調素材、陸續寫就的故事段落，進行表現形式的開發，以及人、偶關係的探索。

工作坊期間演員每天的工作內容大概是這樣的：早上第一個進行的是直觀的音樂與身體感受，比如說播著越南傳統民謠，戴著越南斗笠自由地舞動。再來進行物件與主題的開發，比如說，一位臥床的病人與其看護最常會使用到的生活物件：尿桶、衛生紙、抹布、鍋碗瓢盆等，這些物件在一個家庭空間和演員的身體會有哪些關聯。下午，我們進行故事與角色立體化的創發，

依據詹傑提供的線索（角色背景、角色關係、事件等），演員進行一連串的接力賽，輪流扮演角色，將前一個人發展出的橋段，再接力發展出下一個事件。

受訪的新住民姐妹們不約而同提到，孩子在上小學之後，自己無法協助他們的功課，甚至讓孩子覺得媽媽很笨。六位有才的女演員（註），讓我們的創作過程充滿著驚喜：有一天在即興中，場上的演員發展出了女兒教媽媽念注音符號的段落，以及媽媽在離家出走前，教女兒一起鋪床單的最後相處時光，讓在場的工作人員都落淚了！我們就記錄下這些動人的時刻，反饋給劇作家繼續編寫。

有一次，詹傑來的時候，顯得異常地興奮。在那之前，他才為了劇情發展到三分之二時需要的一個轉折傷透腦筋。他說：「我前幾天去了美甲店！」他讓姐妹們幫他美甲，獲得珍貴情報，找到了劇情重要的發展方向。當下，我們腦中只

想像著詹傑坐在美甲店中的樣子、覺得好玩，比起劇情走向，更關心的是看他的指甲有沒有變漂亮！

　　過程中，演員們有機會，就跑去附近的越南小吃，問著劇中越南台詞的發音，發現有南越和北越的差別，後來又請了越南籍老師來統一發音方式；也有人受到詹傑的鼓舞，決定也去體驗美甲過程，藉機和姐妹們聊聊；更刺激的是，最後的角色分配，是由演員互相投票決定，而飾演「寶枝」的劉毓真更是不負眾望，仔細鑽研如何既同時有越南腔，又要讓觀眾聽得懂台詞，演後觀眾紛紛詢問這位「越南」演員哪裡找的（毓真可是道地的台中人）！

　　回想起來，這種集體創作的方式，也有變得四不像的失敗危機，但《微塵望鄉》的整個創作過程，是相當令人愉悅的一段旅程。我們緊扣住這樣的合作優勢：結構大綱穩固地掌握在劇作家手中，但是許多生活化的小細節，是由演員長出

來的，自然而不造作。

　　無獨有偶是個藉由「偶」與「物」為主要表現形式的劇團，因此非常重視舞台上，無論是道具、演員、戲偶，其「形體」與「材質」，所傳達出的敘事語言。隨著劇本拼圖一塊塊補齊，上半年發展的形式素材到了二〇一七年下半年，陸續落實到劇本中各個適合的位置。

　　呼應劇作家回憶和現實並置的場景，舞台設計何睦芸奔走尋找「台味」舊家具，營造出具體的家庭場景，但是讓家裡的灰牆壁，成為即時投影和光影演出的屏幕，讓場上具有時空瞬變的可能性。我很喜歡詹傑找到的「張枝與美娘」越南民間傳說：當媽媽和童年小莉莉說故事時，我讓灰牆壁上同時投影出寶枝在調配的血紅藥水、媽媽扮演的美娘公主剪影與張枝紙影偶；在寫實家具之間呈現穿越時空的場景，平行對比媽媽嫁到異鄉自我懷疑的愧疚心情，以及看護寶枝隱忍丈夫外遇的故作堅強。

劇中有兩尊執頭偶的使用，一是新移民二代馬莉莉童年回憶裡的分身──小莉莉，二是劇中唯一的「男主角」──失智父親。小莉莉第一次出場，是從家裡的衣櫃中，就像塵封回憶被揭開。小莉莉總是承受媽媽的不安情緒，媽媽離家出走後被迫提早學會獨立，倔強的馬莉莉和爸爸關係不好，只有劇尾在夢中藉由小莉莉分身和在天堂的爸爸相聚擁抱，賺入不少觀眾熱淚。而失智父親不良於行的形象、像具「木偶」般躺在床上依賴餵食，真的是用「偶」來詮釋再適合也不過了。

　　操偶師的身分，也被賦予了「馬莉莉分身」的概念──馬莉莉一、二、三號，有時像是好壞天使一般，替馬莉莉說出複雜的內心情緒，有時像是引路人，用小莉莉戲偶引導馬莉莉面對兒時的傷痛。越南斗笠在美甲店姐妹們出場時派上了用場，防塵塑膠布拉出了失智父親掉落的水溝，和我們相處多時的捲筒衛生紙們，也為自己找到重要的角色──扮演媽媽和寶枝口中心心念念的

「湄公河」。

　　這是一種新穎的寫作方式，關於劇作家的另一種新定義，我很感謝詹傑沒有「不准改動劇本」的潔癖，反而還自在穿梭於田調資料、演員詮釋、偶物美學而游刃有餘，讓這齣戲也獲得第十六屆台新藝術獎決選入圍。但最讓人興奮的還是，公演時，能讓受訪的姐妹們看得又哭又笑，在宜蘭場演出時搭配文化部「文化平權」的專案，我們錄製了東南亞五國語言的觀眾須知，還安排蘇澳的國際漁工們搭乘遊覽車進劇場看戲！

　　有沒有可能我們會有兩個家鄉？一個原生的家鄉，一個因為移居後生出感情連結的第二家鄉，《微塵望鄉》像是一雙伸出溫暖擁抱的大手，為離鄉背景、漂浮無依的微塵們，提供一個可以暫時依靠的休憩之地。

　　註：有才女演員六人組合──林曉函、黃思瑋、張棉棉、鄭雅文、劉毓真、魏伶娟

那些岸上的風景

文／詹傑（編劇）

故事最初其實是從小美人魚開始

　　二〇一五年在籌備另一個製作《台北哥本哈根》時，我們四處尋找著作家安徒生小美人魚故事的足跡，逢人就問，你人生第一次聽見小美人魚故事在什麼時候？後來有日，我陪著母親去到醫院檢查她受傷的膝蓋，一老一小，白日晃晃都睡眼惺忪，唯獨隔壁一個阿公和他瘦小卻精力充沛的越南看護，氣定神閒，台灣國語和越式台語交談無礙，引我注意。一時興

起，我問了那已經有個小女兒的越南姐姐，是否曾讀過安徒生的童話故事給她女兒當床畔故事。

我女兒最喜歡小美人魚。她說。

一樣的故事講好幾遍，還是講，小美人魚遇到王子，上岸，去到那個神祕國度。我想像著那個故事場景，一個母親說著越南文版本的小美人魚，而她的小女兒知道媽媽快要出發去台灣了，去到那個她沒有真正造訪過，但是可以賺很多錢的地方，同樣充滿了陌生和想像。

越南姊姊來台灣七、八年了，一直沒回去，因為機票好貴，錢難賺。她還記得女兒五歲的樣子，尋常通電話的時刻，話筒另一頭卻已經是上了國中的小女生，開始要進入藍色的青春叛逆期，開始有自己煩惱，然而母親非常陌生，只是遠方一個小小聲音，一條去了遠方、上了岸的小美人魚。

過了幾年，當我和無獨有偶工作室劇團的導演鄭嘉音碰面時，我提起了這個故事，就此敲定

了《微塵望鄉》的故事走向，也開啟了我半年以上的田調走訪。但越南實在陌生，越南、柬埔寨、寮國傻傻分不清楚，總之都叫東南亞，經過公園時留心了一下那些陌生卻熱烈的看護交談，原來她們就在生活周遭，如此貼近。

窮苦人的故事各有不同

為了更貼近採訪越南移工朋友們，我去了市場裡的越南美甲店，親身體驗一邊聊天一邊被姐姐修指甲的過程。如此一路順藤摸瓜，從菜攤、越南河粉店、商店圈，最後去造訪了台灣重要的NGO組織「南洋姐妹會」，他們長期致力於照顧嫁來台灣的新住民姐妹，甚至有了姐妹們自己組織的劇團，試著說自己的故事。

去到南洋姐妹會，我遇到了嫁來台灣的滿枝，問起她眼中台灣。

滿枝說，捷運裡人好像明星，而且台北好便宜。

一來一往的聊天，幾乎拉開了一整個國際遷徙的移動路線，還有越南社會實況。在外資進入的越南，貧富差距已漸漸拉大，我們想得到的各色名牌都有設店，宛如台北信義區的豪華再現，可是另一頭的越南鄉村種稻務農的收入依舊微薄，出國打工幾乎成了許多人家常態，尤其，當你看到隔壁出國工作的家庭，已經開始整修房子，蓋了二樓和附有白磁磚的浴室馬桶、蓮蓬頭，即便村裡仍無自來水管，這些暫時只能先放著好看。物價飛漲的越南，幾乎要追上台北的腳步，可是一個大學畢業的學生可能只有六千元月薪，讓人不禁起心動念也踏上海外打工步伐。

　　移動、造訪、定居、回返，小美人魚踏上陌生國度，成了我們最熟悉的陌生人，她可能是夜半伺候長輩如廁的看護，也可能是鄰里間新來的外籍新娘，或是國小門口等待女兒放學的新住民媽媽。在這陌生國度，生活可能不那麼圓滿，會遇到鄰居斜眼說隔壁買了一個越南查某、會遇到

酒醉的丈夫家暴、會遇到婆婆不諒解時時刻刻提防你挖錢，或者工廠苛扣薪資和護照，讓你無處可去、任人宰割。

不幸人家的故事各有不同。其後讀著顧玉玲老師的散文《回家》，記錄來來去去越南移工生活裡的顛簸起伏，看到電視新聞上逃跑移工阮國非遭到警方槍擊死亡，還有我接觸過的姊妹們，發現異鄉生活真的大不易。遠方的賺錢童話泡泡一樣，戳破以後是滿嘴苦澀。可是日子越苦，越要努力笑著過下去，一如阮金紅和蔡崇隆導演的紀錄片《再見可愛陌生人》，隔著螢幕跟越南家鄉的妻子和小兒子通訊時，逃跑移工大叔溫柔地笑了，說自己一切都好，吃飽穿暖不用擔心，一轉身我們才看到他往山上工寮去，睡在簡陋塑膠帆布棚下，日夜提防要躲警察，只為了多賺一點錢回家。

比起記錄那些苦難，寫《微塵望鄉》劇本故事時，我更希望收進那些面對磨難的堅強和笑

聲。他們不僅僅是移工、新住民姊妹、新二代，更是一個活生生的人，會寂寞、會脆弱、會孤單、會想家，面對難以克服的生命困境和委屈時，也會彼此扶持照顧。儘管能呈現的議題面向有限，《微塵望鄉》從一個旅行社的倔強女孩馬莉莉開始說故事，帶著觀眾去到她們尋常的家居，看到她失智不良於行的父親，看到她們家雞婆但可愛的越南看護寶枝，看到馬莉莉一點一點把自己縫補起來，重新有勇氣去認識自己。

劇場裡的集體創作激盪

　　《微塵望鄉》的創作歷程，有一點特別不同的是來自排練場的群體激盪。該年年中，劇團先策辦了工作坊，由導演嘉音主持，帶領著眾演員玩耍和探索物件諸多可能。在為期數日的緊密互動裡，其實就已經找到了許多後來應用在演出裡的呈現手法。然而更加觸動我的，是當操偶師與偶心意相通時，那些無聲卻深刻地傳達。

下半年當劇本初稿完成後，排練開始，我每周會前往宜蘭一次參與排練，有時帶著新文本段落前去，有時去感受演員們玩出的新段落並加入劇本，或者帶著還要重新田野調查的功課，再度踏上採訪之旅。於整個團隊來說，我們都透過這個偶戲，探索著我們身旁最熟悉的陌生人。偶的靈動與無聲，正是跨越國界的共同語言，讓觀眾席裡來自不同地方的觀眾，甚至是越南姊妹們，都能夠心領神會。

　　在劇作《微塵望鄉》中，另一大膽嘗試，是我寫下了越南台詞，並且獲得團隊支持，演員們在台上講出苦心學來的越南文時，當下並沒有立即字幕翻譯。當台灣觀眾聽到身旁越南姊妹傳來笑聲時，那種語言間的輕微隔閡，正是居於台灣的越南姊妹日常，這讓劇場有那麼一刻成為日常處境反轉的實驗之地。

　　感謝導演嘉音、強大設計團隊，以及六位真的很努力學習越南話的美麗女演員（林曉函、黃

思瑋、張棉棉、鄭雅文、劉毓真、魏伶娟），她們用現代偶戲想像跳躍和強大演技，讓這個故事去到了更遠的地方。劇團甚至在宜蘭和勞工局合作，辦了移工朋友專場，讓居於台灣的移工朋友們生平第一次走進劇場，聽著我們準備的四種語言放送的演前劇場叮嚀事項，度過了一個開心午後時光。儘管素日劇場在他們生活裡不存在，但是燈暗的時候，我們不分彼此、暫且忘卻外頭憂煩和瑣事，一起努力讓想像起飛，像個孩子一樣。

希望劇作《微塵望鄉》能夠成為小小的橋樑，有日可以讓最初我所遇到的越南姐姐帶回故鄉去，把這故事也說給她小女兒聽，讓小女兒也能明白，媽媽眼中在台灣的某種點滴風景。

微塵望鄉

Homecoming

詹傑——編劇作品

場景

舞台應是多元流動，寫意非寫實來表達不同地方。舞台上有類似床單的布簾，用以投影、呈現光影戲，同步也象徵看護寶枝在家中的勞動與生活感。

另應該有一小平台，用作DV即時投影與剪紙小模型擺放處。

角色

爸爸，外省老兵來台，難回故鄉。

媽媽，阿春，外籍配偶，早年嫁來台灣，又逃回越南去。

寶枝，越南移工，來台賺取生活費，跨越國界，有家難回。

莉莉，有一個台灣的家，卻覺得自己無家可歸。

莉莉1、2、3，代表莉莉內心不同面向。

註記

∗莉莉一角，由眾多演員分別扮演，同時象徵角
　色的不同面向。

∗小莉莉，幼年莉莉由戲偶呈現。

∗爸爸，失智老父親由戲偶呈現。

∗莉莉媽媽，有時用真人，有時用剪影和聲音來
　象徵呈現。

第一場
莉莉的旅行社上班生活

（旅行社的廣告配樂傳來，場上燈亮，即時投影影像進。）

（莉莉一邊介紹，其他演員以紙片劇場做出畫面。）

莉莉：週五的你，還在公司苦苦加班嗎？週六的你，還在陪老公爸媽吃飯裝笑臉嗎？週日下午，你還在信義區華納威秀大排長龍傻B等著看神力女超人嗎？不行不行，千萬不能讓這種事情發生！

爽遊網，玩爽爽，讓你四海為家，走遍全世界。Good Morning Xin chào（早安你好）我是你的最親切和善的旅遊專員LILY MA！

讓 LILY MA 帶你逃出苦海，奔向人間最後仙境！

仙境在哪？仙境就在北回歸線以南，印度支那半島東部。你可以叫它，Vietnam（美式英語）、Vietnam（英國腔英語）、Việt Nam（越南文），其實就是「越南」。

「蛤，誰要去越南玩，霸託」（模仿一般民眾質疑聲音）。trời ơi（天啊），小傻瓜，你根本不知道越南哪裡好玩，你什麼都不知道！來，閉上眼睛，跟著你最可愛的旅遊專員 LILY MA，一起夢遊仙境。

（紙片介紹不同景點，真人莉莉也在一旁呼應情境。）

莉莉：你有沒有感覺腳下在晃，對，我們現在就在海上桂林下龍灣。一艘小船，載著你，

慢慢晃，眼前是千百年歲月累積的石灰岩、鐘乳岩。聯合國自然遺產給你掛保證，連電影《007明日帝國》都來這裡取景。

花山壁畫、德天瀑布、水上木偶劇。悠游陸龍灣，飽覽中國式古寺廟、古老鐘樓。再往前走，三十六古街，濃濃法式風情，讓你不用搭機轉機過海關搜身就恍如人在法國！你往那個露天咖啡館一坐，俊俏的人力車車夫從你身旁走過，猛一看，你以為他是年輕版梁家輝，在演電影《情人》。

（莉莉回到座位。）

莉莉：去這樣的仙境，要多少錢？三萬五？！不用！三萬？！不用！現在特價二六八五三

元，兩人同行九折！前十組客人，還免費
送你遮陽小草帽！好現在讓我們看看有哪
位聰明的觀眾打電話來搶折扣。

（電話鈴響。以下應對不同客人，看出莉莉的銷售能
力，還有越南當地一些生活小細節。）

莉莉：好，雲林陳媽媽電話打進來了。
陳媽媽（投影）：（台灣國語）小姐你好，我和我
　　　　　　　　先生適合去越南玩嗎？我沒出
　　　　　　　　過國捏！
莉莉：（台灣國語口音）當然適合，陳媽媽！我也
　　　是雲林人！我跟你縮，完全不用擔心，去
　　　越南好像是去你家附近巷子口一樣親切，
　　　只是他們的土地公都放在地上拜。你去美
　　　容院洗頭好舒服喔！還會有人幫你美容美
　　　髮兼做身體按摩。洗完頭聞到香噴噴的鹽
　　　酥雞。就跟你去越南玩就好像去你家巷子

口逛街一樣親切。

陳媽媽（投影）：嘎？和我家巷口一樣？那有出
國跟沒出國不是一樣嗎？

（電話掛斷音效。）

莉莉：陳媽媽！陳媽媽！

（又有電話鈴響。）

莉莉：好的，新竹劉小姐電話打進來了。

劉小姐（投影）：請問去越南玩容易胖嗎？我每
次出國回來都胖五公斤，坐公
車、還有人以為我懷孕讓座給
我，氣死人！

莉莉：劉小姐，你這問題內行，我跟你一樣新竹
小孩，不會騙你！我跟你說。越南不像台
灣到處都在賣鹹酥雞，他們的食物很清

淡，生春捲、牛肉河粉、海鮮河粉，餐餐都加辣椒醬，促進新陳代謝！保證你玩回來體脂降到只有十趴！

劉小姐（投影）：你們是旅行社還是詐騙集團阿！？我還是去別家好了……

（電話掛斷音效）

莉莉：劉小姐？劉小姐！

（又有電話鈴響。）

莉莉：好的，屏科大葉同學電話打進來了。

葉同學（投影）：哈囉哈囉，我們一群死黨男生要去畢業旅行，可以選越南嗎！我們都……希望齁，希望齁，可以在國外認識漂亮美眉！

莉莉：當然可以，我以前也在屏東念書，畢業旅
　　　行就是去越南！賊賊跟你說，越南女孩
　　　子好可愛，漂亮的裙子、閃亮亮細跟高
　　　跟鞋，搭上色澤鮮明的口紅，讓你神魂
　　　顛倒。Anh yêu em，我愛你！三不五時，
　　　你就 Anh yêu em、Anh yêu em！很快就脫
　　　單，不當處男魯蛇！

葉同學（投影）：（淫笑）嘿嘿嘿……厚厚齁……
　　　　　　　謝謝阿姨！

莉莉：阿姨！！？葉同學？葉同學？

（電話鈴聲，掛斷聲交錯地越來越響、越來越響，最
高點時，突然靜音。）

（聲響同時，莉莉好像在接電話，眉飛色舞講著，然
而卻一點聲音也沒有。其他人將紙偶劇場的東西推
走、錄影機拿到左舞台）

（剛剛原本在幫忙陳設小景物的演員，起身，圍繞著
莉莉，彷彿合唱歌隊）

莉莉1：LILY MA！

莉莉2：馬莉莉！

莉莉3：二十九歲。

莉莉1：單身。

莉莉2：但不承認。

莉莉3：單身、錢賺不多、沒男友又不敢去和男生聯誼。

莉莉1：資深老處女。

莉莉2：（打了莉莉1）ㄟ你怎麼這樣講你自己。

莉莉1：本來就是。

莉莉3：馬莉莉，二十九歲，單身，不快樂，每天擠公車上班。

莉莉1：每天擠公車上班的時候，都幻想有一個王子會帶她出國……

（突然韓劇配樂下。）

（MV場景，莉莉4，頭戴韓星金秀賢歐巴面具，騎機車進。）

（莉莉1、2、3跑去搭金秀賢歐巴的車子，莉莉夢碎。）

莉莉1：實際上。

莉莉2：實際上。

莉莉3：實際上。

莉莉1：王子從來沒有來。

（停頓。）

莉莉2：她常常看TLC旅遊生活頻道！

莉莉1：但她沒搭飛機去歐洲

莉莉3：只有坐公車去蘆洲。

莉莉2：沒去過阿爾卑斯山，

莉莉1：只爬過台北象山。

莉莉3：沒看過比薩斜塔，

莉莉2：只看過高壓電塔。

莉莉1、2、3：馬莉莉從來都沒有出國過。

莉莉2：但是莉莉去過越南很多地方。

莉莉1：用 GOOGLE MAP。

莉莉3：和旅遊書、旅遊網站。

莉莉1、2、3：事實上，馬莉莉最討厭的地方就
　　　　　　　是！

莉莉：（從凍結中，回過神來）這個世界上，我最
　　　討厭的地方就是，越南！

（停頓。）

莉莉1：但是。

莉莉2：但是。

莉莉3：但是。

莉莉1：不喜歡越南的馬莉莉，（身後影燈亮）會
　　　唱一首越南歌。

（一個清唱聲悠悠傳來，輕輕唱起一首越南兒歌。）

莉莉2：她想到湄公河的時候就會唱。

莉莉3：她覺得孤單寂寞就會唱。

（長髮女子抱著小莉莉偶出現在影幕中，哼著歌謠〈媽媽的手〉旋律。）

莉莉1：這是莉莉的小祕密。

莉莉2：我們也是。

莉莉3：我們全部住在馬莉莉心裡。

莉莉1、2、3：我們都是馬莉莉。

（莉莉解凍，又回到販售旅行程狀態。其他人陸續打開蓋住家具的布。）

莉莉：好的！陳媽媽、劉小姐、葉同學，請問你們什麼時候要出發呢？喂？喂？

（電話斷線，無人應答，莉莉萬分尷尬。）

莉莉1：無敵討厭越南的馬莉莉，每天，都介紹
　　　　人家去越南玩。

莉莉2：這是爽遊旅行社門市人員，馬莉莉。

莉莉3：二十九歲的日常！

（停頓。）

莉莉＋莉莉1、2、3：爽遊網，玩爽爽！我是你
　　　　　　　　　　　　的最親切和善的旅遊專員
　　　　　　　　　　　　LILY MA！

（莉莉1、2、3離場。馬莉莉表情瞬間垮掉，換上一
副疲倦、怨念很深模樣。）

第二場
莉莉、失智老爸，偶爾還有越南看護寶枝

（莉莉回到拙拙的普通上班族模樣，疲倦、恍神、臭臉，剛下班。）

（莉莉走進家居場景，窄仄國宅，客廳裡放了藤椅病床和餐桌，顯得更擠了。）

（失智、行動不便的老爸爸人偶，躺在病床上。）

（莉莉看著老爸爸人偶，嘆氣。）

（寶枝爽朗的聲音傳來，她說著一種越式國語。）

寶枝：莉莉，回來了。

莉莉：（刻意冷漠）叫我馬·小·姐。

寶枝：馬小姐，今天多少人要去越南玩？

莉莉：很多。

寶枝：ngốc nhỏ！

莉莉：什麼意思啊？

寶枝：傻瓜。

莉莉：你是說我嗎？

寶枝：不是啦。台北這麼乾淨、漂亮，捷運大家
　　　穿得好像電視明星！我們越南，過馬路很
　　　危險，打仗一樣，怎麼有人特地想跑去那
　　　裡玩！

莉莉：他們不去越南，我就沒飯吃，也沒錢發薪
　　　水給你。

寶枝：那還是讓他們去越南打仗好了。

（寶枝想到什麼，拿了一份帳單給莉莉，莉莉一看傻
眼。）

莉莉：又來。不是才剛繳過。

寶枝：上次水費。這次電費。

（莉莉看了帳單金額，激動起來。）

莉莉：這次也太高了！我們家是有人半夜偷偷爬
　　　起來吃電嗎？

寶枝：你好好笑！電怎麼吃，我們不是都吃飯！

莉莉：你到底在家幹了什麼，電費這麼高！

寶枝：伯伯怕熱，吃不下飯，我開冷氣。

莉莉：你要是繼續開下去！以後我們就沒飯吃
　　　了！

寶枝：這樣喔……

（莉莉把扇子拿給寶枝，寶枝用毛巾幫老爸爸人偶擦
背散熱。）

寶枝：（對老人）擦一擦就不熱了！

（寶枝又拿扇子幫老爸爸人偶搧風。）

寶枝：（對老人）有風喔，你看，冬天快來，等
　　　等就不熱！莉莉都冷到發抖，你看。

（莉莉聽到，不得不配合一下，裝出很冷的樣子。）

爸爸：（示意要寶枝拿棉被給莉莉）莉莉，冷，
　　　冷，莉莉！

（寶枝把棉被蓋在莉莉頭上，莉莉一臉無奈。）

莉莉：⋯⋯好⋯⋯冷喔！
寶枝：（對老人）天氣不熱，我們吃多一點飯好
　　　不好。今天要吃一碗！

（寶枝像是哄小孩一樣，照顧著老爸爸人偶。）

寶枝：伯伯今天很棒，他會認我名字，寶枝。我
　　　跟他說，我們越南女生，都喜歡名字取很
　　　有錢的，這樣比較好運。
莉莉：那不是跟我們台灣的淑芬、美芳一樣，都
　　　是菜市場名！

寶枝：我有很多菲律賓朋友叫莉莉，她們都皮膚
　　　很黑、很漂亮，跟你很像。

莉莉：（大驚失色）有嗎？！我像嗎？

（莉莉連忙拿出小梳化鏡，對著自己的臉端詳起來。）

（莉莉1、2、3，拿著放大鏡從莉莉身後現身，她們是
莉莉心裡其他聲音。）

莉莉1：她真的很壞！

莉莉2：說你長得像菲律賓人，就是說你醜！

莉莉3：裝模作樣，還在老爸面前猛拍馬屁。噁
　　　　心。

（寶枝幫老爸爸人偶梳頭。）

寶枝：阿伯，你今天看起來很帥，跟我的偶像黎
　　　明、劉德華一樣，可以去演電影。

（莉莉1、2、3，慫恿著莉莉。）

莉莉2：給她好看！別忘了，你才是老闆！
莉莉3：千萬不可以心軟！不然以後騎到你頭
　　　　上！
莉莉1：別忘了仲介說的，要讓她怕你才行！

（莉莉1、2、3，幫莉莉調整身體姿態，變成凶狠模
樣。）
（莉莉走近老爸爸人偶，故意挑剔，聞了聞，裝出像
是聞到屎尿味的表情。）

莉莉：為什麼我爸身上有大便味？他又拉在褲子
　　　裡，你沒清嗎？
寶枝：有嗎？

（寶枝的手伸進老爸爸人偶褲子裡。）

寶枝：我們早上才洗澡，很乾淨。

（寶枝直接用手去摸了摸老爸爸人偶屁股，檢查。）
（莉莉看到寶枝動作，別過身去，覺得尷尬。）
（莉莉1、2、3，示意莉莉要保持凶狠。）

莉莉：我跟你說，我請你來就是要照顧我爸！你
　　　要是想趁我不在家就想偷懶，動歪腦筋，
　　　我不會對你客氣。
寶枝：怎麼可能。我不會。

（寶枝手一揮，莉莉1、2、3嚇一跳。）

莉莉們：我對你很好了。我沒扣你護照，讓你周
　　　末放假、自由用手機，你要懂得感激。
　　　我會一直盯你。
寶枝：你一直叮我？你說像蚊子一樣嗎？
莉莉們：（被氣到）你……給我注意一點！

莉莉1：不可以認輸。

莉莉2：威脅她。

莉莉3：對，她們最怕被趕回去了！

（寶枝開始打蚊子。莉莉1、2、3，落跑。）

莉莉：我跟你說，不要隨便跟鄰居亂聊天！

寶枝：可是隔壁王媽媽說她認識很多需要看護的
　　　人，可以讓我介紹朋友去。

莉莉：才怪，她是假好心！我們家冷氣滴水，她
　　　馬上就去檢舉我們賺獎金。以為我不曉
　　　得，還裝得一副親切樣子。

寶枝：這樣喔……

莉莉：你沒證照，要是被人知道是逃跑外勞，你
　　　被抓回去，我也跟著倒楣被罰錢！下個月
　　　等到療養院床位，你就可以走了！

（寶枝奔去找老爸爸人偶。）

寶枝：伯伯，我下個月就要回越南

爸爸：去玩……

（寶枝扶起老爸爸人偶在家中走動。）

寶枝：等你好起來，莉莉就可以帶你來找我玩！

莉莉：拜託，越南有什麼好玩！

寶枝：有，我們家附近有湄公河！天沒黑的時候，可以去搭船、看風景，很美！

莉莉：（心裡動搖）……我要工作，沒興趣。

寶枝：莉莉，你一個人賺錢養伯伯，很辛苦，最好趕快結婚，找個男人來照顧你！

莉莉：不用你雞婆。你管好你就好。

寶枝：莉莉，台灣，我第一個喜歡伯伯，第二個喜歡你！我希望你開心，好好的。

（莉莉沒料到寶枝如此回答，很不自在。）

莉莉：……喜歡我也沒用！我不會幫你加薪水！

寶枝：我們還有很高的電費！我今天用手洗衣服
　　　好了！你陪一下伯伯！

（寶枝收拾毛巾，準備離去，想到什麼又回頭叮嚀。）

寶枝：上次回診，醫生說，如果你多跟伯伯說
　　　話，伯伯腦筋會好一點。

莉莉：那醫生有沒有說要說什麼？

（寶枝搖頭。）

莉莉：你怎麼話聽一半！

寶枝：他就講一半。不然如果伯伯要睡覺，你就
　　　唱歌給他聽。他很喜歡，一下就睡著了。

莉莉：我不要。

（老爸爸人偶發出囈語。）

莉莉：算了算了，越幫越忙。

（寶枝離去。莉莉轉頭望著老爸爸人偶，一時手足無措。）

第三場
莉莉與失智父親，被忘記的床邊故事

（老爸爸人偶囈語，莉莉不曉得要跟他說什麼。）

爸爸：上班⋯⋯上班⋯⋯

莉莉：不用上班，車子都已經報廢了！

（老爸爸人偶又囈語。）

莉莉：怎麼了？會熱嗎？（搧風，老爸爸人偶不
　　　要，伸手想拿拐杖）坐好，念報紙給你聽
　　　（老爸爸人偶調皮玩捕蚊燈）不要玩了電費
　　　很貴ㄟ。坐好啦（把躺椅放下）躺好，念
　　　報紙給你聽。

（莉莉轉身拿報紙。）

莉莉：「年金改革，取消優存十八趴，退伍軍人影響大。」這是在說你，以後你的退休金又要變少了。（老爸爸人偶拒聽）不想聽這個喔？（翻報）「秋天到了，楓葉紅了！國人最愛賞楓旅遊日本行，團費較去年上漲二到五千元。」要是我可以做日本線就好了！做什麼越南旅遊啊！

爸爸：（口齒不清）唱……唱……

莉莉：茶嗎？（轉身拿茶）喝茶！

（莉莉遞茶給老爸爸人偶，卻被人偶打翻。）

莉莉：（惱怒）我很累耶，一下班就跑療養院幫你問床位的事！那個櫃台小姐還說，規定要配偶來辦，子女來辦的話要有證明，講得好像我好像是什麼壞人。而且你的榮民證根本不能減免多少！最後要是沒辦法，我就會把房子賣掉，你不要怪我。

（老爸爸人偶又囈語。）

莉莉：你到底要什麼？還是要我把寶枝叫過來拍
　　　你馬屁？

（老爸爸人偶拉莉莉。）

莉莉：什麼啦？

（老爸爸人偶斷續唱起越南童謠〈媽媽的手〉。）

莉莉：我不會唱。要唱你自己唱。拜託你趕快睡
　　　覺啦。

（莉莉趴在餐桌上，累得睡著了。）
（〈媽媽的手〉歌聲傳來，莉莉1、2、3聚集到莉莉的
身邊，像是守護天使。）
（衣櫃被推開，小莉莉偶出現，莉莉1、2、3走過去

操偶。)

(小莉莉偶來到莉莉身邊,溫柔安慰著莉莉。)

(布幕上出現一個女人唱歌的身影,小莉莉轉身向布幕。)

小莉:我愛媽媽,恭悠咩,媽媽愛我,咩悠恭!

阿春:對,很棒!

小莉:恭悠咩,咩悠恭!

阿春:對,我們家的莉莉最棒了!來,媽媽教你一個新的,媽媽教你——媽媽真正的名字。

小莉:我知道!是「春」!

阿春:不是,是「孫」。

小莉:「孫」?

阿春:越南話的「春」就是「孫」!

小莉:「春」就是「孫」!「孫」⋯⋯那媽媽,我也有真正的名字嗎?

阿春:你——沒有!

小莉：為什麼？

阿春：騙你的！你真正的名字，叫做——馬壘壘！

小莉：馬壘壘？（笑）搞笑！

阿春：哪有？壘壘很可愛！

小莉：壘壘很搞笑！

阿春：壘壘很可愛！你就是壘壘，我是孫！

小莉：你是壘壘！我是孫！

阿春：不對！你是壘壘，我是孫！

小莉：你是壘壘，我是孫！

阿春：不對不對，我才是孫，

阿春、小莉：你是壘壘！

阿春：你吼，亂說！好啦，很晚了，該睡覺了！
啊！壘壘，媽媽剛剛跟你說的不可以跟爸
爸說喔，這是我們之間的……這個……祕
密（越南文）！

小莉：祕密！

阿春：對！好了好了，睡覺！

小莉：媽媽，那你說一個故事給我聽！

阿春：好，那媽媽跟你說一個「公主美娘」（越南文）的故事！

（以下隨著故事講述，布幕上出現物件即時投影，加上影戲。）

阿春：從前從前，有個美麗的公主名叫美娘，就像莉莉一樣漂亮。她住在河邊的一個美麗皇宮，只要她心裡想要什麼東西，河裡的小船就會送來給她。有一天，她聽見河那邊傳來一個很好聽的歌聲，她說：「小船啊小船，我好想見見這歌聲的人，請你把他帶好嗎？」美娘一直等一直等，有一天小船帶來唱歌的人，這個人叫張枝。美娘公主眼睛大大的看，啊～美娘暈倒了，因為張枝長得太醜了。但是張枝在看到美麗的美娘公主以後就愛上她了。張枝很難

過，一直哭一直哭，眼淚掉到了河裡。後來張枝難過得死掉了，變成一塊深紅色的玉。美娘公主醒來，什麼都不記得。她說，「小船啊小船，我好渴，請給我一杯茶好嗎！」。有一天小船帶來了用這塊玉做的杯子，美娘公主看見杯子中出現張枝的身影，美娘非常難過，當眼淚滴入杯裡時，張枝的影子就消失不見了。

（阿春哭泣。）

小莉：媽媽，美娘為什麼哭？你怎麼哭了？媽媽……

（小莉莉唱歌安慰媽媽。）
（同時寶枝走進客廳，一副心神不寧、心事重重的樣子。）

第四場
我為你煮了一道菜,寶枝的故鄉滋味

(寶枝的歌聲疊到小莉莉唱歌的聲音,燈光轉變。)

(莉莉披上外套,走向餐桌,咳嗽著,彷彿有點感冒。)

(寶枝看到莉莉,趕緊擦了眼淚,又回到那副爽朗樣子。)

寶枝:怎麼爬起來了?

莉莉:被你吵的。

寶枝:小時候,我們全家睡一起,每個人都打
　　　呼,像開火車一樣!打呼最大聲的人,還
　　　會被自己吵到!真的是 ngốc nhỏ(傻瓜)!
　　　你說好不好笑?

(莉莉搖頭,不想理寶枝的笑話。)

寶枝：反正起床了，吃個消夜再睡。

（寶枝轉身，盛了一碗稀飯放到莉莉面前。）
（莉莉看著，皺眉，不敢吃，一臉嫌惡。）

寶枝：豬肉稀飯。我女兒感冒，我都做這個給她
　　　吃。你今天回來好像不舒服。

莉莉：我才不要。這什麼東西。

寶枝：你不吃就不能去上班，不上班就沒錢，沒
　　　錢就沒辦法給我薪水。吃虧的是我，快
　　　吃。

（莉莉皺著眉頭，吃了起來。）
（寶枝高興，又端來一盤肉餅翻蛋，放到莉莉面前。）

莉莉：原來你半夜不睡，都在偷偷用我們家瓦
　　　斯。

寶枝：這是做給我女兒的，她今天生日。

莉莉：那給我幹嘛？

寶枝：以前她最喜歡我做這個肉餅翻蛋，還有紅燒肉，羅望子做的酸湯。每次生日我都要煮滿滿一桌。現在她上初中了，比較喜歡麥當勞。

莉莉：拜託。麥當勞有什麼好吃。

寶枝：對呀，麥當勞有什麼好吃。

（莉莉開始吃起了肉餅翻蛋。寶枝看了，高興起來。）

寶枝：你跟我女兒一樣，屬貓。

莉莉：我屬兔。

寶枝：越南的十二生肖，沒有兔子，只有貓。我的女兒個子小小的，是一隻很小很小的貓。

莉莉：喜歡吃麥當勞的貓。

寶枝：莉莉，其實你講笑話很好笑。不要常常臭臉，嫁不出去。

莉莉：不用替我擔心。你剛剛是不是偷用我們家
　　　電話？你打給誰？

寶枝：我女兒打手機給我。她想要一台電腦當生
　　　日禮物。要一千九百多萬。

莉莉：（算了算）台幣二萬六！

寶枝：好貴。

莉莉：這有什麼好哭，拜託。

寶枝：二萬六比我一個月薪水多，嚇死人⋯⋯不
　　　過我哭是別的事。

莉莉：我又沒虐待你。你哭什麼！

寶枝：我女兒說，爸爸跟一個阿姨在一起了。

（莉莉詫異，沉默。）

莉莉：⋯⋯你想回去的話，薪水就算到你走那
　　　天！

寶枝：（搖頭）機票好貴。可以吃好多麥當勞。
　　　我是逃跑的，回去就不能再來台灣。

莉莉：你來台灣好幾年，不是應該有賺到錢？

寶枝：房子蓋了，還有女兒學費。

莉莉：你老公外遇，不回去，你女兒一個人你忍
心？

寶枝：我有叫她要聽那個阿姨的話，要乖，要忍
耐。

莉莉：你這算什麼媽媽？你女兒被欺負怎麼辦？
她是別的女人ㄟ！

（寶枝沉默，想了想。）

寶枝：莉莉，台北很乾淨，又很漂亮、大家都很
有禮貌，但我還是想回家。我想在越南退
休當房東，租房子給別人，然後每天自己
打掃。這些以後留給我女兒，她就不用嫁
到很遠的地方，或是出國打工了。可是沒
有錢，就沒有家。現在，她要忍耐，我也
要忍耐。

莉莉：你女兒想要的生日禮物根本不是這些菜和
　　　電腦！她要的，就是你人在家裡。
寶枝：剛剛講電話，她撒嬌，我有唱歌。以前哄
　　　她睡覺唱的。

（寶枝開始唱起了越南歌謠〈媽媽的手〉！）
（歌聲持續，三位越南美甲店的女巫歌聲進，一起歌
舞。）

第五場
越南三女巫的美甲店，關於逃跑的女人

（左下舞台的矮櫃角落，燈光一變，突然換成了五光十色的越南美甲店。）

（影像出現了「夢賢美容院的招牌」。）

（三個女人是越南美甲店的美容師阿金、阿紅、阿玉。）

三女：Chào mừng quý khách đến với（歡迎光臨），
　　　夢賢美容院。

寶枝：莉莉。你生日也快到了。我送你一份禮
　　　物。

阿金＋阿玉：我們讓你變美。／阿紅：Mình sẽ
　　　　　　làm đẹp dùm em.

阿金＋阿玉：我們讓你開心。／阿紅：Mình sẽ
　　　　　　cho em hài lòng.

阿金、阿玉：我們讓你變美又開心。

阿紅：Mình làm cho em xinh đẹp và vui vẻ.（讓你變美
又開心）

寶枝：chị Kim ơi / Hồng ơi / Ngọc ơi（阿金姊、阿
紅、阿玉）。

（寶枝走向阿金、阿紅、阿玉，熱絡熟悉，用越語吱
吱喳喳聊起了天。）
（莉莉彷彿走進了另一個世界，顯得格格不入，很不
習慣。）

阿金＋阿紅＋阿玉：Bảo Chi.（寶枝）

阿金：chồng em và con gái em dạo này có khỏe
không？ Dạo này chồng em có liên lạc với em
không？（丈夫、女兒都好嗎？最近你老公有
跟你聯絡嗎？）

寶枝：Em không muốn nói về anh ta rồi！（我不想管
他了。）

阿紅：Mình đều đã nghe tin hết rồi. Em vất vả kiếm
tiền như vậy, rất đáng tiếc cho em.（我們都聽到
消息了。你辛苦賺錢，真不值得。）

阿玉：Hắn ta thật đáng ghết！（可惡的傢伙）

寶枝：Nhưng mà em cũng không biết làm sao đâu chị
ơi, gia đình em vẫn cần anh ấy chăm sóc.（大
姊，我也不能怎麼辦！家裡還需要他照顧。）

阿金：Em đừng lo！！ Trước khi em về Việt Nam,
chị sẽ giúp em trở nên xinh đẹp hơn, Khiến lão
chồng em tức chết！（別怕。回越南的時候，
大姊幫你打扮，讓你漂漂亮亮，氣死你老
公。）

（四個女人聊開了，紛紛分享起最新流行的指甲油、髮飾。）

莉莉：（小聲呼喚）寶枝、寶枝……（急了，大聲）寶枝！

寶枝：莉莉？

莉莉：我們來這裡幹嘛？你們嘰哩呱啦在講什麼？

（寶枝回過神來，終於想起來來此目的，手一比，螢幕出現 Google 翻譯畫面，翻譯他們剛剛講的話。）
（寶枝趕緊拉著莉莉，介紹。）

寶枝：這是我老闆，馬莉莉。

阿金：老闆？

阿紅：（對寶枝）她對你好不好。

阿玉：（對莉莉）你對她好不好。

莉莉：（語塞）什麼？我……

寶枝：（大喊）很好。她快生日了。我帶她來變
　　　漂亮。

（阿金、阿紅、阿玉，繞著馬莉莉走，品頭論足。）

阿金：（搖頭）頭髮。
阿紅：（搖頭）皮膚。
阿玉：（搖頭）指甲。
阿金：問題很大。
阿紅：問題很多。
莉莉：誰問題很大很多？
阿玉：Em ấy có mấy đứa con rồi？（她生幾個小孩
　　　了？）

（莉莉看向寶枝，疑惑。）

寶枝：她問你生幾個了小？（連忙改口）……她說
　　　妳年輕，漂亮！

莉莉：是這個意思嗎？

阿金：你幾歲？

莉莉：二十九……

阿金：二十九！？完蛋，過期了！

阿紅：女生這樣不行。

阿玉：趕快找個好男人嫁吧！

莉莉：謝謝，不用替我操心。

（莉莉生氣，起身要走，被推坐在一張旋轉椅上，錯愕。）

阿金：寶枝朋友，（三女一起）我們朋友。

阿紅：你對寶枝好，（三女一起）我們對你好。

阿金＋阿紅＋阿玉：我們要送你生日禮物。

（阿金、阿紅、阿玉架式十足，分別攻占莉莉頭髮、左腳、右手，整理著。）

（莉莉動彈不得，只能任人擺布。）

寶枝：不用擔心。大姊她們很厲害，整個越南有
　　　名，連電視台都有來報導。大家都知道。
　　　(對三姊妹) 莉莉在旅行社上班，介紹大家
　　　去越南玩。

阿金：那和我們很像。

阿紅：你介紹台灣人去玩。

阿玉：我們幫忙越南朋友、姊妹回家。

莉莉：這裡不是美容院嗎？

寶枝：姊妹沒事會來夢賢美容院聊天，有事也會
　　　來這裡，講話、哭、罵人。

三女：我們修剪指甲，也修理心情。

阿金：有時候幫她們躲騙人的壞仲介。

阿紅：有時候幫她們躲抓人的壞警察。

阿玉：有時候幫她們躲打人的壞老公。

三女：更多時候，我們修指甲，不說話，聽他們
　　　講故事。

(阿紅停住手上動作，彷彿想起了什麼。)

（以下講述時配合即時投影，局部拍攝女人的身體，平行顯示女人在勞動和打扮自己之間的對比）

阿紅：我記得阿草。

（即時影像出。）

阿紅：阿草身體好瘦，五十公斤，沒有肉，一口氣抱起一個八十公斤的老阿嬤去上廁所，再搬回床上。好幾次每天，一天。飯吃少少，菜吃少少，一天睡四小時，半夜老闆還會泥鰍一樣，鑽進她棉被。阿草台灣住半年，變四十公斤，好像去上減肥班，每天一樣搬老阿嬤，好幾次。仲介說，忍一下就好，要賺錢要忍耐，要賺錢要忍耐。阿草想到來台灣的二十幾萬仲介費，還欠銀行好多錢，一天一天，只能越來越瘦。

（阿金停住手上動作，彷彿想起了什麼。）

阿金：我記得金燕。

（即時影像出。）

阿金：她的雇主欺負她，她逃跑出來，躲到山裡
　　　面，喝溪水，到處躲，到處打工睡工寮。
　　　夜半不能睡，要醒，聽到腳步聲就跳起
　　　來，從窗子飛出去，猴子一樣爬，老鼠一
　　　樣鑽。有一次，警察追過來，躲屋頂上，
　　　沒有其他的路，閉一口氣，跳三層樓高下
　　　來，腳斷了，拖著，繼續跑。不跑不行，
　　　不跑就給警察抓，要上腳鐐，好可憐，沒
　　　有人幫，只能跑。金燕說，晚上月亮好
　　　亮，一邊跑，一邊看到自己影子，像有人
　　　陪，就不怕。

（阿玉停住手上動作，彷彿想起了什麼。）

阿玉：我記得玉蘭。

（即時影像出。）

阿玉：玉蘭好美，跟洋娃娃一樣，皮膚白、眼睛
　　　大，說話聲音細細，很害羞。結婚沒多
　　　久，他就生了一個男生，全家高興。她婆
　　　婆怕孩子像她，變越南人，搶過去，不給
　　　玉蘭抱。玉蘭哭，摸黑要帶孩子走被發
　　　現，老公打她一頓。玉蘭哭，然後玉蘭就
　　　不見了，沒人去找她。

（即時影像收。）

阿金：我們記得好多故事。
阿紅：太多了。

阿玉：講不完。三天三夜不夠。

阿金：姊妹講到哭的時候，我們做飯，弄炒螃蟹
　　　腳！Xào càng cua！

阿紅：Mắm ruốc！（蝦醬）

阿玉：Canh chưa cá！（酸魚湯）

阿金：chả giò chiên！（炸春捲）

阿紅：Chả lụa！（越南精肉團火腿）

阿玉：Gỏi đu đủ！（涼拌青木瓜）

阿金：Bánh xèo！（南越煎餅）

阿紅：Gỏi cuốn！（生春捲）

阿玉：Bánh tét！（南越粽子）

寶枝：chả trứng thịt！（肉餅翻蛋）

（三人閉眼嗅聞，彷彿如在眼前。）

阿金：越南的家太遠，回不去，就只能吃飯。

阿紅：吃一口飯，那個味道！眼睛閉上，好像，
　　　家就在嘴巴裡。

阿玉：有家的味道，姊妹不哭，她們笑。

（三女一起望向寶枝。）

三女：寶枝不哭，寶枝笑。

寶枝：有姊妹們陪著我，夢賢美容院是我台灣的
　　　家。

（莉莉若有所思，忍不住發問。）

莉莉：玉蘭去哪了？為什麼沒人找她？

阿金：回越南了。

莉莉：她把自己小孩丟著，一個人跑走？

阿金：聽人家說，玉蘭回越南沒住家裡。沒飯
　　　吃，每天化妝，玉蘭去酒店上班，一個人
　　　住。離婚女人很辛苦。電話也不敢打。小
　　　孩長大不記得媽媽，不知道玉蘭是誰。

（莉莉有些恍神，彷彿想到了什麼，獨自走出指甲店。）

（指甲店燈暗，隱沒在莉莉身後的黑暗裡。）

（小偶莉莉慢慢走出，四處張望，像在尋找什麼。）

（小偶莉莉走到莉莉身旁，拉了拉她的衣襬。）

小莉莉：Mẹ ơi？Mẹ Xuân ơi？（媽媽？阿春媽媽？）

（莉莉抱起了小偶，溫柔唱著〈媽媽的手〉，像一個媽媽那樣。）

（莉莉帶著小莉莉偶離場。）

第六場
衝突，關於莉莉消失的母親

（燈再亮時，回到了家庭場景，寶枝正在照顧老爸爸人偶，莉莉從外面回來。）

莉莉：老爸今天心情很好。

寶枝：伯伯今天飯吃了一碗半。我們剛剛去散步。我有遇到王媽媽，我都有聽你的話不跟她說話喔！

莉莉：這樣就對了！

寶枝：莉莉。你認識一個叫阿春的人嗎？

莉莉：不認識！

寶枝：那就奇怪了⋯⋯那個⋯⋯

莉莉：我都說我不認識了。可以嗎？

（老爸爸人偶囈語，寶枝走過去看。）

爸爸：阿春……阿春……

寶枝：好，阿春來了！我餵你喝番茄汁！喝番茄
　　　　汁你比較好尿尿！來！

爸爸：（囈語）春……春……

莉莉：（聞言愣住）老爸叫你什麼？

寶枝：伯伯今天一直叫我阿春乁！還說要帶我回
　　　　家，啊我們明明就在家裡。我說我不是阿
　　　　春，他就一直生氣。

爸爸：阿春～阿春～

寶枝：好啦好啦！你想要看這個對不對？看這個
　　　　就會很開心吼～來來來

（寶枝拿出照片給老爸爸人偶看，老爸爸人偶高興起
來。）

莉莉：你怎麼會有這個？你從哪裡找到的？

寶枝：我給伯伯看，他很開心啊，所以……我從
　　　　櫃子裡找到的……

莉莉：你憑什麼翻我們家東西！你這是小偷的行
　　　為你知道嗎？

寶枝：我沒有偷東西，是你之前說所有的抽屜、
　　　櫃子都要打掃乾淨啊？

莉莉：我現在就可以報警抓你。

莉莉：你以為你是誰！你不過是我們家請來的外
　　　籍看護，還是逃跑的！你敢偷我們家東
　　　西，我等一下就去檢查錢有沒有少！

（莉莉猛翻櫃子，發出巨大聲響。）

寶枝：莉莉，我沒有偷……

爸爸：阿春……阿春……

寶枝：沒事，沒事。我們沒有吵架，阿春在這
　　　裡！

莉莉：你不是阿春！這個世界上沒有阿春！

（莉莉拿起相片撕爛，一把丟進垃圾桶裡。）

莉莉：去倒垃圾！

爸爸：阿春……阿春……

莉莉：寶枝！去倒垃圾！

（寶枝拿起垃圾桶要走。）

爸爸：莉莉，叫你媽媽不要走……

（老爸爸人偶摔在地上，寶枝、莉莉衝去照看。）

寶枝：沒事，沒有吵架！大便了？沒關係，去浴
　　　室洗一下就好！

（寶枝抱起老爸爸人偶，往浴室走去，離場。）

（莉莉彎身，開始撿拾垃圾桶裡的相片，把相片塞回
衣櫃。）

（莉莉從衣櫃中拿出一套女人的衣服，掛起來。）

莉莉：我才不認識什麼阿春，我只認識「孫」。

（莉莉坐入衣櫃中，整個人抱腿縮起身子。）
（不遠處，一個小孩唱歌的聲音傳來，小莉莉拉著媽媽的手回家。這是莉莉心中的過往記憶。）
（女人說話，她的國語不標準，充滿濃重越南口音，彷彿是剛來台灣。）

小莉：（唱歌）三輪車、跑得快、上面做個老太太！媽媽，老師今天教我們唱歌，還有ㄅㄆㄇ！ㄅ，拔蘿蔔——ㄆ，葡萄——ㄇ，媽媽！你會不會？

阿春：媽媽不會，媽媽跟你一起學。ㄅ，拔蘿蔔（發音很怪）——ㄆ，葡萄（發音很怪）——ㄇ～ㄇ～ㄇ～馬壘壘！

小莉：哎呦，你都亂說，人家媽媽都會，為什麼你不會啦？

阿春：媽媽沒有亂說！莉莉，聯絡簿？

小莉：今天不用簽。

阿春：可是昨天也沒簽？

小莉：老師說每天都不用簽！

阿春：那我打電話問老師！

小莉：不用打給老師！

阿春：那聯絡簿給我，你是不是學校不乖，老師
　　　生氣。就不給媽媽簽聯絡簿！

小莉：才不是呢！我很乖！你的字好醜，不要你
　　　簽。而且同學都笑我！十二生肖裡面根本
　　　沒有貓，媽媽你都亂教。

（阿春彷彿被小莉莉的話語刺傷。）

小莉：媽媽，我不要去學校了啦！

阿春：不行不去學校！你要去上學才能教媽媽！

小莉：我不要！我討厭同學笑我！他們說你是被
　　　買來的！我不喜歡他們！

阿春：你不去上學，爸爸看到你沒去學校，又要

罵我……

（阿春趴在桌上哭泣。小莉莉覺得自己錯了，努力想逗媽媽笑。）

小莉：媽媽，那我們去公園，星期一去中山公園，星期二去中正公園，星期三去青年公園，星期四……星期四我們去越南公園！

阿春：（破涕為笑）哪有什麼越南公園！

小莉：好不好，我們去越南公園看媽媽最喜歡的湄公河。

阿春：（收拾情緒）好啊！好久沒有看到湄公河了！

小莉：那我帶你去！

阿春：你這麼小，怎麼帶媽媽去！

小莉：我們搭飛機去！

阿春：搭飛機，你還那麼小不能搭飛機！

小莉：我已經長大了！

阿春：長大就要開始幫忙！來，媽媽教你鋪床單。

（阿春取來了剛晾曬好的乾淨被單。）

阿春：床單一個禮拜要洗一次，曬乾以後！第一步，你要抖一抖，像海浪一樣！

（阿春讓床單像波浪般抖動。）

小莉：（笑）像湄公河一樣！
阿春：（抖輕一點）湄公河要這樣。之後呢，我們要把四個邊邊，套進去。最後檢查有沒有平！好了，莉莉換你自己做做看。
小莉：這個太大，我不行啦！
阿春：莉莉你已經長大了，來自己試試看，媽媽在旁邊看！

（小莉莉邊摺邊玩。）

小莉：媽媽你看我！媽媽你要一直看著我喔！媽
　　　媽你要一直看著我喔！
阿春：媽媽會一直看著你！

（阿春緩慢地離去。）

小莉：媽媽你看我！
阿春：……有……有，媽媽有在看。

（小莉莉還在玩床單時，阿春已經走出舞台。）
（莉莉起身，加入和小莉莉一起摺床單。）
（後方布幕剪影，阿春提起一個行李箱，離去。）

小莉：我長大了……我一個人摺床單，一個人煮
　　　飯，一個人上學，我自己幫自己簽聯絡
　　　簿，媽你有看見嗎？

（小莉莉發現母親阿春已經不在身邊，急得四處張望。）

小莉：媽媽，妳在哪？你不帶我去嗎？

莉莉2：我會乖乖的，你不要走好不好！

莉莉3：媽媽對不起，你可以原諒我嗎？

莉莉1：以後爸爸打你，我會叫他不要生氣，不要讓妳哭。

（小莉莉拿起三個紙偶。）

小莉：媽媽，我做了三個人喔，她們都是莉莉，可以保護我們。

（小莉莉朝四周大喊，但沒人回應她。）

小莉：媽媽？Mẹ ơi？Mẹ Xuân ơi？（媽媽？阿春媽媽？）

莉莉：不准哭！

（小莉莉傷心害怕地哭起來。）

莉莉：不准哭！

（莉莉用床單把小莉莉人偶包起來，塞入衣櫥中，緊
緊關上。）

第七場
失序

（莉莉1、2、3在家中著魔似的把家具弄得亂成一團。）

王媽媽O.S.： 就是他們家請非法看護！我早就說是逃跑外勞，最好趕快把她抓起來！警察先生，我的檢舉獎金什麼時候可以領到？

（音樂中或許可以疊警車聲，寶枝喊著不要抓我，夾雜著現場翻箱倒櫃聲音。）

（落單的老爸爸人偶跌跌撞撞地行走，找不到回家的路。現場即時投影做在草叢中慌張找路，最後跌落水溝的主觀鏡頭。）

（音樂尾聲，為落入水中的音效。）

（音樂結束，燈暗。）

（暗場中，觀眾聽到手機鈴聲響，一個警察打給了莉莉，說道。）

警察O.S.：（口氣急切）馬小姐嗎？我這裡是派出所！剛剛有人通報，有一個老先生好像迷路，不小心掉進大排水溝！附近有鄰居認出來，說應該是你爸爸。現在人已經送往醫院搶救，你要不要趕快來一趟！

第八場
回家的路

（場上，紙船航行在衛生紙卷上，彷彿渡過了冥河，象徵死亡。）

莉莉：老爸，巷子口雜貨店的歐巴桑，一直教我要做什麼儀式。我說我們家又沒信教，而且，我要把你灑到海裡面。她嚇一大跳！說我這個年輕人真不孝順，差點不賣我東西。你說好不好笑。

（停頓。）

莉莉：老爸，我選了台東那邊的海！你以前不是老說有天要去東部玩，一直沒時間去。以後你就可以整天看海，像度假一樣。我們

兩個人只要買一張票，就可以跟寶枝一樣，搭飛機，咻～一下子就到。

（停頓。）

莉莉：寶枝薪水我都算好！加了幾千塊，剛好夠買一台一千三百多萬越盾的電腦給她女兒。現在不用等療養院病床，下個月公寓賣掉，我就是小富婆。
我們每個人都好好的。不用你擔心。

（莉莉突然想到什麼，跑去拿了三個小紙人，排在桌上。）

莉莉：這幾天整理房間，你看我找到什麼？這些都我做的。（開始數紙人）莉莉一號、莉莉二號、莉莉三號。那時我才七歲，國小一年級，天啊！老爸，遇到困難，她們都會

陪著我。

(莉莉1號，走出，這是莉莉七歲的回憶。)

莉莉1：我沒作弊！我媽媽是越南人又怎樣，我
　　　　有認真，我靠自己考一百分！

(莉莉1號，講到快哭。莉莉走去，把紙人交給她，莉
莉1號彷彿獲得勇氣。)

莉莉1：你們等著看吧！下次我要考第一名，全
　　　　班第一名！你們罵我，我也聽得懂！
　　　　(生澀唸著) 幹恁娘！
莉莉：幹恁娘！
莉莉1：幹恁娘！幹恁娘！幹恁娘！
莉莉：老爸，你知道嗎？那時候我每天洗澡都在
　　　　練習講髒話。(熟練道地) 幹恁娘！幹恁
　　　　娘！那些小孩都嚇死了！

（莉莉2號，走出，這是莉莉高中的回憶。）

莉莉：高三我談戀愛，去男朋友家見他媽媽，緊
　　　張死了。

莉莉2：阿姨你好！我們家……我們家……

（莉莉2號講到家裡狀況，顯得很彆扭。莉莉走去，把
紙人交給她。）

莉莉2：我們家就……我爸爸在銀行上班當經
　　　理，我媽媽自己開店，是美髮師。我們
　　　感情很好。

莉莉：每次那個男生送我回來，我都要在巷子口
　　　跟他說再見，然後再偷偷跑回來。

莉莉2：當經理和美髮師的女兒，好累喔！

（莉莉把紙人交給莉莉3號。這是莉莉大學回憶，她正
上台跟同學自我介紹。）

莉莉：老爸，其實我是想離開家，所以選了一間
　　　最遠最遠的大學！

莉莉3：（生澀）我叫馬莉莉⋯⋯很高興可以加
　　　入觀光休閒系！我的夢想是可以離開台
　　　灣，到世界上很多不同國家去玩。

莉莉：我的夢想是可以離開台灣，到世界上很多
　　　不同國家去玩。那裡都好，只要不是家。

（停頓。）

莉莉：只有寒暑假得回來一下下！但是每次回
　　　來，我都好擔心家裡沒人。

（莉莉1、2、3，開始在家裡個角落尋找。）

莉莉1、2、3：我回來了。爸！爸？

莉莉：那次回來沒看到你，我竟然哭了！結果你
　　　只是去買我最喜歡的排骨飯便當。後來你

開那台很破很舊的計程車，送我去車站的
時候，我其實想跟你說。

莉莉1、2、3：（吞吞吐吐）爸……

莉莉：（對莉莉1、2、3）說啊，快啊！快說啊！

莉莉1、2、3：（三人陸續）我回學校去囉。

（莉莉很沮喪。）

莉莉：從小到大，我一直在想。我如果更好一
　　　點，更討人喜歡，媽媽是不是就不會走
　　　了。

（停頓。）

莉莉：爸，我好想你們，我好想回家。

（莉莉在躺椅病床上躺下，睡在老爸爸人偶原本的位
置。）

（莉莉1、2、3想靠近擁抱她，可是無法，只能放下紙人後離去。）

（場上只剩下莉莉獨自一人。）

第九場
團聚

（莉莉睡著後，老爸爸人偶自暗處走出，憐惜地摸了摸莉莉。）

（小莉莉偶也走了出來，和老爸爸人偶隨著音樂舞蹈。）

（兩人偶在空中旋轉，玩得很開心，彷彿父女終於得到了和解。）

（兩個人偶向莉莉道別。離開前，老爸爸人偶最後望了一眼莉莉。）

（手機鈴響，莉莉被吵醒，起身，接起電話。）

（場上傳來寶枝的聲音。）

莉莉：寶枝？

寶枝：莉莉你開視訊、開視訊！

（莉莉按了一下手機，即時影像出，螢幕上寶枝現身。）

寶枝O.S.：莉莉，莉莉，聽得到嗎？我用你買的電腦，用網路，不用錢。

（寶枝電話那頭，突然吵雜，一個小女孩的聲音入。）

女兒O.S.：（越南文）媽媽 這是馬姐姐嗎？
寶枝O.S.：（越南文）來，叫馬姐姐！
女兒O.S.：（越南文）馬姐姐，謝謝你送我電腦！我是阿從！真的很謝謝馬姐姐，電腦很好用，我很喜歡！
寶枝O.S.：我女兒，說謝謝你！她很喜歡那台電腦！

（電話那頭，傳來寶枝扯著喉嚨用越語罵小孩，一個尋常媽媽那樣。）

（莉莉聽著聲音那頭，寶枝的家庭聲響，忽然哭了，又笑。）

寶枝O.S.：我聽美容院的阿金、阿紅、阿玉說，伯伯出事了。你都好嗎？

莉莉：……寶枝，我想去看看媽媽以前告訴過我的湄公河，長什麼樣子？

寶枝O.S.：好啊，你來越南找我。我們家，就是你家。

第十場
這次輪到我出發了

（小莉莉人偶把行李箱推進來。）

（莉莉打開行李箱，把三個小紙人收進行李箱。莉莉
1、2、3，跟莉莉道別，一一消失在場上。）

（小莉莉人偶鑽進衣櫃，和莉莉揮手再見。）

（莉莉帶著行李箱，最後一次看了這個家，離去，前
往自己的路。）

（小莉莉人偶和觀眾再見，自己關上衣櫃的門。）

（燈暗。）

——劇終——

劇本依照首演版本修正。

本劇越南台詞校正：劉鈞安。

首演資訊與製作團隊

《微塵望鄉》Homecoming

二〇一七年十月廿七日至廿九日，共計四場，
台北，水源劇場。

無獨有偶工作室劇團（Puppet & Its Double）

導演 鄭嘉音

編劇 詹傑

演員 林曉函、黃思瑋、張棉棉
　　　鄭雅文、劉毓真、魏伶娟

舞台設計 何睦芸

戲偶美術設計 葉曼玲

戲偶結構設計 阮義

音樂設計 柯智豪

燈光設計 Helmi Fita

服裝設計 李冠瑩

影像設計 陳衍良

藝術顧問 林璟如

製作人 黃怡芬

舞台監督 林茜

梳化設計 Teddy Cheng

平面設計 蔡詩凡

劇照攝影 陳又維、林筱倩

影像紀錄 賀顯光

白色說書人與微塵望鄉（劇本書）

作　　　　者——詹傑
資深主編——謝鑫佑
校　　　　對——謝鑫佑、詹傑
企　　　　劃——廖心瑜
資深企劃經理——何靜婷
白色說書人封面提供——同黨劇團
白色說書人封面劇照攝影——唐健哲
微塵望鄉封面提供——無獨有偶工作室劇團
微塵望鄉封面劇照攝影——林筱倩
美術設計——蔡南昇

董　事　長——趙政岷
出　版　者——時報文化出版企業股份有限公司
　　　　　　　一〇八〇一九台北市和平西路三段二四〇號四樓
　　　　　　　發行專線——（〇二）二三〇六六八四二
　　　　　　　讀者服務專線——〇八〇〇二三一七〇五
　　　　　　　　　　　　　　（〇二）二三〇四七一〇三
　　　　　　　讀者服務傳真——（〇二）二三〇四六八五八
　　　　　　　郵撥——一九三四四七二四時報文化出版公司
　　　　　　　信箱——一〇八九九臺北華江橋郵局第九九信箱
時報悅讀網——http://www.readingtimes.com.tw
文化線臉書——https://www.facebook.com/culturalcastle/
法律顧問——理律法律事務所　陳長文律師、李念祖律師
印　　　刷——綋億印刷有限公司
初　版　一　刷——二〇二一年七月十六日
定　　　　價——新台幣三五〇元
（缺頁或破損的書，請寄回更換）

時報文化出版公司成立於一九七五年，
一九九九年股票上櫃公開發行，二〇〇八年脫離中時集團非屬旺中，
以「尊重智慧與創意的文化事業」為信念。

本書獲得國家文化藝術基金會戲劇類出版補助

白色說書人與微塵望鄉（劇本書）/ 詹傑作.
-- 初版. -- 臺北市：時報文化，2021.07
196面；12.8X18.5公分
ISBN 978-957-13-9074-1(平裝)

854.6　　　　　　　　　　　　　　　　110008426

ISBN 978-957-13-9074-1
Printed in Taiwan